U0658372

不懂得希腊神话，简直没法了解和欣赏西方的文艺

丛书主编：顾振彪

丛书编委：（排名不分先后）
　　　　王新宇　王　辉　孔　磊　冯艳慧
　　　　宋俊颖　吴　翀　李　爽　吴蓓琳
　　　　张　静　张　瑾　陈　豫　周阳薇
　　　　杨照霞　高俊梅　董　虹　韩　笑

互联网+创新版

希腊神话故事

[德] 古斯塔夫·施瓦布 著

赵红丽 译

鸽子 绘

全国百佳图书出版单位

吉林出版集团股份有限公司

图书在版编目（CIP）数据

希腊神话故事 / (德) 古斯塔夫·施瓦布著；赵红
丽译. -- 长春：吉林出版集团股份有限公司, 2021.6（2024.5重印）
（互联网+创新版）
ISBN 978-7-5581-8375-1

Ⅰ.①希… Ⅱ.①古… ②赵… Ⅲ.①神话—作品集
—古希腊 Ⅳ.①I545.73

中国版本图书馆CIP数据核字(2021)第107457号

希腊神话故事
XILA SHENHUA GUSHI

著：〔德〕古斯塔夫·施瓦布
译：赵红丽
插　　画：鸽　子
主　　编：顾振彪
责任编辑：许　宁
封面设计：小韩工作室
开　　本：710mm×1000mm　1/16
字　　数：200千字
印　　张：10
版　　次：2021年6月第 1 版
印　　次：2024年5月第 8 次印刷

出　　版：吉林出版集团股份有限公司
发　　行：吉林出版集团外语教育有限公司
地　　址：长春市福祉大路5788号龙腾国际大厦B座7层
电　　话：总编办：0431-81629929
　　　　　数字部：0431-81629937
　　　　　发行部：0431-81629927　0431-81629921(Fax)
网　　址：www.360hours.com
印　　刷：天津泰宇印务有限公司

ISBN 978-7-5581-8375-1　　　定价：29.60元

1 导读

巴尔干半岛被蔚蓝色的海洋环绕，在海洋温柔的臂弯里，希腊神话逐渐形成，如花般绚丽绽放。

马克思将希腊神话比作"发展最完美"的"人类童年时代"。先民用自己的眼睛观察自然，用自己的思维感知世界，想象出一段段瑰丽的故事，逐渐形成规模庞大的神话。这些故事经后人整理，形成了《希腊神话故事》。

《希腊神话故事》蕴含着丰富的历史文化信息，它是我们探索古代希腊社会的一把钥匙，也是我们了解西方文化的一个窗口。同时，这些故事里还塑造了众多的人物形象，体现出人类抗争自然的顽强精神。

如今，鲜活的形象和动人心弦的故事，已如夜空中的繁星一般灿烂。你可以按照阅读规划来阅读本书，为自己插上想象的翅膀，飞临奥林匹斯山巅，寻找爱与希望的力量。

2 阅读规划

你可以参照下面的阅读规划表阅读《希腊神话故事》，感受神话故事的丰富内涵。

我的阅读规划表		
时间规划	阅读内容	阅读感悟
第一天	《诸神的诞生》到《天琴座的传说》	
第二天	《赫拉克勒斯的故事》到《复仇女神美狄亚》	
第三天	《忒休斯的传说》到《俄狄浦斯的传说》	
第四天	《特洛伊城的由来》到《特洛伊城的毁灭》	
第五天	《波吕斐摩斯和"没有人"》到《俄瑞斯忒斯的结局》	

CONTENTS

目录

第一部　希腊神话

诸神的诞生 ·· 2

盗火的普罗米修斯 ······································ 5

潘多拉的盒子 ·· 7

人类的新起源 ·· 9

驾驶太阳飞车的青年 ·································· 11

欧罗巴的由来 ·· 13

忒拜城的诞生 ·· 15

珀尔修斯的冒险 ······································ 17

建筑家的逃亡 ·· 19

愚蠢的弥达斯国王 ·································· 21

骄傲的尼厄柏 ·· 23

推动巨石的西绪弗斯 ······························ 25

飞马座的由来 ·· 27

天琴座的传说 ·· 29

赫拉克勒斯的故事 ·································· 32

　赫拉克勒斯的出身 ······························ 32

　赫拉克勒斯的选择 ······························ 33

　与巨人的战斗 ······································ 34

　赫拉克勒斯和欧律斯透斯 ··················· 35

赫拉克勒斯的前六项任务 ……………………… 36

赫拉克勒斯的后四项任务 ……………………… 39

赫拉克勒斯的最后两项任务 …………………… 41

赫拉克勒斯和阿德墨托斯 ……………………… 43

赫拉克勒斯赎罪 ………………………………… 45

赫拉克勒斯报仇 ………………………………… 45

赫拉克勒斯之死 ………………………………… 47

阿尔戈船的英雄们 ……………………………… 50

伊阿宋与珀利阿斯 ……………………………… 50

金羊毛的传说 …………………………………… 51

楞诺斯岛上的女人们 …………………………… 52

波吕丢刻斯的拳击赛 …………………………… 53

菲纽斯和美人鸟 ………………………………… 54

巧遇佛里克索斯的儿子 ………………………… 55

埃厄忒斯的刁难 ………………………………… 56

美狄亚的爱情 …………………………………… 57

伊阿宋取得金羊毛 ……………………………… 59

背叛父兄的美狄亚 ……………………………… 60

寻求女巫的保护 ………………………………… 61

美狄亚成婚 ……………………………………… 62

复仇女神美狄亚 ………………………………… 63

忒休斯的传说 …………………………………… 67

忒休斯的出身 …………………………………… 67

忒休斯的冒险之旅 ……………………………… 68

忒休斯与美狄亚 ………………………………… 69

忒休斯和弥诺斯 ………………………………… 70

和亚马逊人的战争 ······ 71

忒休斯妻子淮德拉 ······ 71

忒休斯抢妻 ······ 73

忒休斯的结局 ······ 74

俄狄浦斯的传说 ······ 76

俄狄浦斯的出生 ······ 76

俄狄浦斯杀父 ······ 76

俄狄浦斯娶母 ······ 77

真相被揭开 ······ 78

俄狄浦斯的放逐 ······ 80

俄狄浦斯的结局 ······ 81

第二部　特洛伊的传说

特洛伊城的由来 ······ 84

帕里斯和金苹果 ······ 87

帕里斯受命前往希腊 ······ 89

帕里斯和海伦 ······ 91

阿喀琉斯的出征 ······ 94

阿伽门农的两难处境 ······ 96

阿伽门农的献祭 ······ 98

希腊大军兵临城下 ······ 102

帕拉墨得斯之死 ······ 104

更加复杂的特洛伊战争 ······ 106

阿喀琉斯的愤怒 ······ 109

诸神的参战 ······ 110

特洛伊人的胜利 ······ 111

帕特洛克罗斯之死 ······ 113

阿喀琉斯的悲恸 ······ 114

对阵赫克托耳 ……………………………… 116

赫克托耳之死 ……………………………… 117

阿喀琉斯之死 ……………………………… 118

帕里斯之死 ………………………………… 120

特洛伊城的毁灭 …………………………… 122

第三部　奥德修斯的传说

波吕斐摩斯和"没有人" …………………… 127

女巫喀耳刻 ………………………………… 129

太阳神赫利俄斯的牧群 …………………… 131

雅典娜和忒勒马科斯 ……………………… 133

奥德修斯归来 ……………………………… 135

奥德修斯和忒勒马科斯 …………………… 136

奥德修斯试探求婚人 ……………………… 138

奥德修斯和珀涅罗珀 ……………………… 140

奥德修斯杀死求婚人 ……………………… 141

第四部　坦塔罗斯家族的最后一代

阿伽门农归来 ……………………………… 144

为阿伽门农复仇 …………………………… 146

俄瑞斯忒斯和复仇女神 …………………… 148

俄瑞斯忒斯的结局 ………………………… 149

第一部
希腊神话

诸神的诞生

在诸神出现之前，宇宙一片混沌，没有任何界限，也看不清任何东西。经过无数万年之后，这片混沌中诞生了胸怀广阔的大地之母——该亚。她的出现标志着宇宙由无序转为有序，也标志着万物的诞生。

不久，从该亚的指端诞生了天空之神乌拉诺斯。乌拉诺斯和该亚结合，生下了六男六女，也就是传说中的十二泰坦神。乌拉诺斯是第一代神王。

乌拉诺斯非常专横，由于害怕自己的儿女超过自己，所以在他们一出生就把他们一个个都束缚在该亚体内，不让他们见到天日。而他们的母亲——该亚，什么事情也不能做。最终，该亚忍无可忍，发动诸神打倒乌拉诺斯。一开始，大家都吓坏了，因为乌拉诺斯非常强大，无人敢回应他们的母亲，只有最小的儿子克洛诺斯愿意帮助母亲。

该亚和克洛诺斯制定了一个非常周密的计划，克洛诺斯趁着他的父亲不备，用一把镰刀砍伤了父亲。残暴的乌拉诺斯被推翻，克洛诺斯继任了王位，成了第二代神王。

乌拉诺斯死后留下诅咒，克洛诺斯将会被他的儿子推翻。由于害怕诅咒，克洛诺斯在和女神瑞亚结合后，把瑞亚生下来的孩子一个个都吃掉了。就这样，克洛诺斯一共吃掉了五个儿女。瑞亚非常伤心。

在瑞亚生下第六个孩子后，她决定保全这个孩子。于

是，她偷偷地将这个孩子交给大洋神俄刻阿诺斯和海神泰西斯夫妇抚养，然后将一块石头包在布里当作孩子交给克洛诺斯，克洛诺斯看也不看就吞了下去。

瑞亚为这个孩子取名为宙斯。宙斯长大后，与智慧和预言女神墨提斯结合，并在她的帮忙下推翻了父亲克洛诺斯的统治。在宙斯等人的精心策划下，克洛诺斯喝得酩酊大醉，瑞亚的其他五个孩子也被克洛诺斯吐了出来，大家合伙把克洛诺斯扔出了王宫。

宙斯的兄弟姐妹非常感谢他的搭救之恩，大家一致推选宙斯为新的神王。

奥林匹斯山神圣而峻峭，雄伟壮观，巍然屹立。宙斯和他的兄弟姐妹们在奥林匹斯山建立了新的政权，并一起分享胜利果实：宙斯得到了天空，他的兄弟波塞冬得到了大海，另一个兄弟哈得斯则得到了地府。

诸神诞生的故事是古希腊人对于人类存在和宇宙起源的思考，揭示了人类对于神秘力量的追求和对于生命意义的探索。

赫拉是天后，所以权威极大，她有力的武器是雷霆和命令。她掌管婚姻、捍卫家庭。赫拉的嫉妒心很强，而宙斯又风流成性，两人为此闹得天翻地覆。

盗火的普罗米修斯

克洛诺斯被废之后不甘失败，纠集其他泰坦兄弟，试图重新夺回权利，他们推举伊阿珀托斯的儿子阿特拉斯为首领，攻打奥林匹斯山，但最终被宙斯击溃。

普罗米修斯也是伊阿珀托斯的儿子，但他没有参与这场"泰坦之乱"。他是一位先觉者，在克洛诺斯任第二代神王的时期，他就来到了长满鲜花和野草、散布着各种动物的大地上。

普罗米修斯因大地的生机勃勃而感到欣喜，于是用手在河堤上抓起一大团泥土，用水和成泥巴，然后按照天神的形象捏出来一些小人——这就是最初的人类。后来，他从各种动物的身上摄取了或善或恶的品质，注入人们的胸膛。又让智慧女神雅典娜帮忙，把呼吸和灵魂送给这神奇的生物。

人类被创造出来以后，很快遍布了世界各个角落。但很长一段时间内，他们都是愚昧无知的。他们两眼无神，看见花草树木不知道识别；双耳失聪，听见刮风下雨和鸟兽的声音无法理解。他们不知道怎样用树木搭建房屋，怎样凭借世间万物的变化来判定季节，怎样耕种和收获。

这种情形引起了普罗米修斯的注意。他不忍看人类浑浑噩噩地过日子，就教给他们如何建造房屋、制定历法、训练马匹、耕种田地等，传授给了人类很多知识和技能。

不久，天上的神祇也注意到了人类。众神要求人类敬重他们，向他们献祭，这样他们才会保护人类。为此，众神举行了联席会议，以确定人类的权利和义务。

普罗米修斯作为人类的代表出席了会议。为了维护人类的利益，普罗米修斯决定运用他的智慧来蒙骗宙斯。在会上，他宰了一头大公牛，分成两堆，让宙斯选择。其中一堆放上肉、脂肪和内脏，用牛皮盖住，上面放着牛肚子；另一堆放的全是牛骨头，但是他巧妙地用牛的板油把骨头包裹了起来。放牛骨头的那一堆，看起来要大一些，宙斯选择了牛骨头。从此，人类打到猎物，就把肉和脂肪留下，而把骨头用板油包裹后献给宙斯。

上当的宙斯非常生气，为了惩罚普罗米修斯的欺骗，他决定拒绝向人类提供最后一样生活必需品——火。普罗米修斯为了帮助人类，就用茴香枝趁着太阳神驾驶太阳车经过的时候盗走了天火，然后举着火种点燃了大地上的一堆木柴。

看着熊熊烈火从人间升腾而起，宙斯非常生气，却也无可奈何。他不能忍受普罗米修斯这种过分的愚弄，于是决定报复。

潘多拉的盒子

为了抵消火给人类带来的好处，宙斯命令自己的儿子——火神赫淮斯托斯造出了一个美艳绝伦的少女。雅典娜负责将这位少女装饰得光彩照人，神使赫尔墨斯又传授给她花言巧语迷惑人类的本领，爱神阿佛洛狄忒则赋予了她无穷的魅力。这个少女被赐名潘多拉，意思就是"被赐予一切的女人"。

宙斯给了潘多拉一个盒子，盒子里装满了天神们送给人类的有害礼物。然后，宙斯让赫尔墨斯把她带到了大地上。

潘多拉捧着宙斯赐予的盒子去找普罗米修斯的弟弟——愚笨的厄庇墨透斯。在此之前，普罗米修斯曾经告诫过他，不要接受奥林匹斯山统治者的任何礼物。可是厄庇墨透斯一看到美丽的潘多拉，就忘记了哥哥的警告，他毫无戒备地伸出手，准备去接那个盒子。一瞬间，潘多拉打开了盒子，藏在盒子里的一大堆灾害立刻就布满了大地。但在盒子的底部，还有一个唯一美好的东西，它就是希望。还没等它飞出来，潘多拉就按照宙斯的命令关上了盒盖。

从此，各种各样的疾病和灾害，充满了大地的每个角落。他们悄然而至，无声无息，人类也开始被永恒的恐怖和忧虑所包围。死神拿着镰刀飞快地追赶着人们，使他们无处可逃。

普罗米修斯看到人类所遭受的一切，非常痛心。可是他自顾不暇，宙斯的惩罚如约而至，宙斯命令赫淮斯托斯将他用铁链锁在了高加索山上，还派一只饥饿的老鹰每天啄食他的肝脏。每当老鹰啄食完毕，他的肝脏又会重新长出来。如此周而复始，这种痛苦至少要持续三万年。但普罗米修斯并没有因此妥协，而是坚定地面对苦难。

普罗米修斯的坚毅与勇敢感动了同样正义善良的赫拉克勒斯，最终得到了救赎。这大概就是英雄之间的惺惺相惜吧！

"无论是谁，只要他学会承认定数的不可抗拒的威力，便必须忍受命中注定的一切。"普罗米修斯对于自己的选择无怨无悔，因此感动了后来为了寻找金苹果而来到高加索山上的赫拉克勒斯，最后他弯弓搭箭射杀了饿鹰，解救了普罗米修斯。

人类的新起源

潘多拉的盒子打开之后，人类的道德越来越败坏。宙斯听说了这个消息，决定亲自到人间去察访，可是，他渐渐发现，他看到的比听到的情况还要糟糕。

一天傍晚，宙斯来到阿尔卡狄亚国王吕卡翁的王宫前，请求借宿。宙斯通过各种神奇的预兆告诉这里的人们，一位天神来到了他们中间，众人立刻对他顶礼膜拜。可吕卡翁却不以为然地嘲笑他们："那就让我们看看他到底是人还是神吧！"

吕卡翁故意杀了一个可怜的人质，并且派人把他的肉做成晚餐端给客人。宙斯感觉到了吕卡翁的恶意，不禁火冒三丈，他抛出一道闪电，点燃了整座宫殿，惊慌无措的国王只好四处逃跑。在逃跑的路上，国王逐渐变成了一头嗜血的恶狼。

宙斯余怒未消，他准备向整个大地投射闪电，以彻底毁灭人类。可是众神担心闪电引起的大火殃及天国，致使日月星辰从天空坠落。于是宙斯改用洪水来消灭人类，刹那间，乌云滚滚，暴雨如注，洪水肆虐，海上也被飓风所占领，整个世界成了一片汪洋。

在一片绝境中，只剩下了一对活着的夫妻，他们就是普罗米修斯的儿子丢卡利翁和他的妻子皮拉。普罗米修斯曾警告过他们关于洪水的一切，并且预先为他们造了一只小船。他们乘着这只小船在滚滚波涛中颠簸了九天九夜，来到了帕尔纳索斯山上。

宙斯发现尘世中只剩下这一对幸存的男女，而他们又是无罪的、敬神的。于是动了恻隐之心，他驱散了乌云，平复了洪水，天和地重新出现了。

洪水过后，丢卡利翁和皮拉四下里张望，发现一片荒芜，整个世界渺无人烟。泪水不禁从丢卡利翁的面颊上滚落下来，他对妻子皮拉说："当初，我的父亲普罗米修斯如果把捏造泥人并注入灵魂的本领教给了我，该有多好啊！"

这对伤心的夫妻跪在遭破坏的正义女神忒弥斯的祭坛前祈祷，希望能让这沉沦的世界重新焕发生机。

这时，空中传来女神的声音："把你们的头蒙上，解开你们系着腰带的衣服，把你们母亲的骨骼扔到你们的背后！"

一开始夫妻俩对这奇怪的神谕无法理解，经过长时间的思考后，丢卡利翁终于理解了女神的意思——原来，女神所说的"母亲"就是大地，"母亲的骨骼"就是石头。于是，夫妻俩就按照神的指示蒙住头，松开系衣服的带子，往背后扔起石头来。说也奇怪，在很短的时间内，丢卡利翁扔出去的石头都变成了男人，而皮拉扔出去的石头都变成了女人。

驾驶太阳飞车的青年

太阳神赫利俄斯的宫殿金碧辉煌，他身披紫袍，威严地端坐在闪闪发光的金刚石宝座上。他的儿子法厄同跋山涉水，来到这里，请求他满足自己一个愿望——让他驾驶一天太阳飞车，证明自己是真正的太阳神的后裔。

听了法厄同的要求，赫利俄斯陷入了沉思。不是他不想让法厄同驾驶太阳飞车，而是驾驶太阳飞车危险重重。他希望法厄同能够改变心意，在没有进行这一系列愚蠢的行动前，一切都还来得及。

可是法厄同心意已决，不肯妥协。因为赫利俄斯曾经对着冥河发誓满足儿子的要求，所以他只好无可奈何地将法厄同领到太阳飞车前。

看到镶满了金银和名贵宝石的太阳飞车，法厄同兴奋不已，一跃而上。这时，黎明女神已经打开了东方的紫色大门，群星渐渐隐去。

"孩子，记得千万不要使用鞭子，你只需要牢牢握紧缰绳，马儿就会飞快向前，你要做的是让它们跑得慢一些。你在天空中驾驶的高度，既不要太高，也不要太低。黑暗已经消散，你赶紧攥紧缰绳吧！"太阳神赫利俄斯忧心忡忡地说，临走前还把一种防止烈焰烧灼的神奇药膏涂在了儿子脸上。

> 语言、动作、神态的描写，表现了太阳神对儿子的疼爱和担忧。

11

法厄同好像根本没有听见父亲的话，他只是觉得无比兴奋，今后终于有了向小伙伴们夸耀的资本，尽情地向广阔的天地驰骋而去。

　　不久，驾车的神马感觉到，这天的车子比以往轻了很多，握紧缰绳的手也没有以前有力。于是它们立马恢复了野性，鼓动翅膀，喷着烈焰，拉着车子偏离了原来的轨道。

　　马儿跑到哪里，大火就会燃烧到哪里。整个世界成了一片火海。法厄同吓得脸色苍白，缰绳都掉了。他绝望地大喊："父亲啊，我真后悔没听你的劝告啊！"

　　宙斯看到这混乱的景象，担心奥林匹斯山也被大火吞噬，就抛出一道闪电击中了这个自不量力的青年。最后，不幸的法厄同从太阳飞车上掉了下来，葬身河水。

　　太阳神赫利俄斯看到这惨绝人寰的一幕，悲恸地抱着自己的头颅，深深地哀伤。这一天不见阳光，只有天火照亮大地。

欧罗巴的由来

  腓尼基国王阿革诺耳有一个美丽的女儿，叫欧罗巴。一天晚上，她梦见两块大陆变成了两个女人，她们争着拉扯欧罗巴跟自己走。醒来后，欧罗巴觉得心惊肉跳，默默祈祷这是个好梦。

  清晨起床后，欧罗巴的女伴们邀请她到海边开满鲜花的草地上散步。她立刻换上一条华贵的长裙，和同伴们在草地上愉快地跑来跑去，各自采摘自己喜爱的花朵。采集到了足够的鲜花之后，她们又开始坐在草地上编花环。

  这时，欧罗巴梦中的征兆开始显现。宙斯为欧罗巴的美丽所倾倒，但因为害怕他那嫉妒的妻子赫拉发现，就改变形象，变成了一只牡牛。为了不显得意外，这头牡牛还带了一群牛过来，慢慢走向欧罗巴和她的伙伴们。

  宙斯变成的牡牛高大漂亮，它的角小巧玲珑，身上是金黄色的，额前还有一个月牙形的白色标记，淡蓝色的眼睛里充满了柔情。

  欧罗巴和她的伙伴们都被牡牛那高贵的气质所吸引，都想好好欣赏它一下。牡牛好像觉察出了这一层意思，于是越走越近，最后站在了欧罗巴的面前。

  当这头牛驯服地停在欧罗巴面前时，她鼓足勇气，把散发着玫瑰香味的花环举到了牡牛嘴边。牡牛轻轻地舔着公主的双手，欧罗巴也用手轻轻地抚摸着牡牛那光滑如缎子一般的前额，还给了它一个轻吻。牡牛哞哞地叫了起来，显得非常开心，然后卧倒在公主的跟前。公主微笑着跨上了宽阔的牛背。

可是，她刚爬上去，牡牛就一跃而起，驮着她跑向海边。欧罗巴吓得花容失色，她用右手握紧牛角，裙角在风中飞扬，任凭她怎么呼唤她的同伴，她们也追不上她。

欧罗巴还没反应过来，牡牛就一头扎进了大海，奋力向前游去。第二天晚上，到了远方的一块陆地，牡牛游上了岸，变成了一个英俊的男子。他深情款款地告诉她，这里是克里特岛，他是岛上的统治者，只要嫁给他，他就可以保护她。欧罗巴出于无奈，只好同意了他的要求。不久，她就沉沉地睡去，直到第二天很晚才醒过来。

醒来后，她茫然四顾，周围没有一个人影，直到爱神阿佛洛狄忒突然出现在她面前。

阿佛洛狄忒微笑着对她说："消消气吧，美丽的姑娘，我就是在梦中要把你带走的那位妇人。把你抢来的那只牡牛就是不可战胜的万神之王宙斯，你就是他在尘世中的妻子。从此以后，收容你的这块土地将会以你命名，它的名字也叫欧罗巴。"

忒拜城的诞生

欧罗巴失踪以后，腓尼基国王非常伤心，便派他的四个儿子出去寻找，找不到就不让他们回来。但是宙斯把欧罗巴藏在了很隐蔽的地方，他们四处寻找也没有结果。

卡德摩斯是国王最大的儿子，他对找到妹妹已经不抱希望，但又怕父亲发怒，于是便去请求阿波罗的神谕。神谕告诉他："在一块偏僻的草地上，你将会遇到一头没有负轭的小牛，你只要一直跟着它走，然后就可以在它躺下休息的地方建立城池，给这座城市命名为忒拜。"

卡德摩斯刚从神谕所出来，便在绿草如茵的土地上看到了一头没有负轭的小牛。他跟着小牛走了很远，直到小牛突然躺倒在一片草地上。卡德摩斯满怀感激地匍匐在这片陌生的土地上，亲吻这里的泥土。他派人到附近的森林去取用来举行灌礼的泉水。可是，他等了很久，还不见他的仆人归来。

卡德摩斯只好亲自去寻找他们。一进森林，他就发现原来他的仆人们都被一条巨龙给害死了。

"我可怜的朋友们啊！我一定要给你们报仇！"卡德摩斯发出揪心的大喊。

他先是用力举起一块巨石向恶龙砸去，可是，当他的石头落在恶龙那遍布全身的鳞片上时，立刻像一片叶子似的掉到地上。接着，卡德摩斯拿起他的标枪向恶龙投去，枪头立刻扎进了恶龙的心脏。恶龙勃然大怒，忍着剧痛回过头来咬碎了枪杆。正当恶龙不断挣扎时，卡德摩斯又向它身上刺了一剑，可这一剑不但没有刺死恶龙，反倒让它更加狂躁起来。它喷着毒液冲到了卡德摩斯身边，卡德摩斯只好又向它刺了一剑，这一剑刺中了恶龙的咽喉。恶龙痛苦地扭动着身体，摔打自己的尾巴，终于倒下了。

这时，卡德摩斯突然发现雅典娜微笑着站在他身旁。卡德摩斯遵照她的指令把毒龙的牙齿当作种子播种到地里，不久就从泥土里长出一队全副武装的战士。卡德摩斯如临大敌，立刻拔剑准备投入新的战斗。这时，一个战士对他喊道："不要投入战争！这是我们内部之间的决斗！"说完战士们就相互残杀起来。直到最后只剩下了五个人，他们才接受了雅典娜的建议，握手言和。在这些战士的帮助下，卡德摩斯建立了新的城市，并将其命名为忒拜。

珀尔修斯的冒险

阿耳戈斯国王阿克里西俄斯得到一个神谕——女儿达那厄的儿子将夺去他的王位，并杀死他。于是他将他的女儿达那厄和她的儿子珀尔修斯锁在一个箱子里扔进了大海。在宙斯的保护下，达那厄和儿子平安穿过大海，在塞里福斯岛被人发现。后来，岛上的国王波吕得克忒斯见达那厄长得漂亮，就娶了她，并收珀尔修斯为养子。

珀尔修斯长大成人后，继父鼓励他外出探险以建功立业。父子二人很快达成一致：珀尔修斯去砍下美杜莎的头颅，然后把它带回塞里福斯交给国王。

小伙子踌躇满志地出发了，在诸神的引导下，他来到了女妖格赖埃三姊妹那里。她们一出生就是满头白发，而且三人共用一只眼睛和一颗牙。珀尔修斯夺去了她们的眼睛和牙齿。为了要回她们必不可少的眼睛和牙齿，三姊妹答应作为向导带领珀尔修斯前往女仙那里。

女仙们拥有三样奇异的宝物：一双飞鞋，一个皮囊，一个隐身帽。无论是谁，只要穿上飞鞋，就能飞到任何他想去的地方；只要戴上隐身帽，就可以隐身，任何人都看不见他。

珀尔修斯从女仙那里得到了这三样宝物，又从赫尔墨斯那里得到一个青铜盾牌。装备就绪后，珀尔修斯就飞向大海，到戈耳工三姊妹那里去。

戈耳工三姊妹是海神福耳库斯的女儿，她们的头和脖子上布满鳞片，嘴里长着野猪般的獠牙，头发是一条条蠕动的毒蛇，手是金属的，还有一双金色的翅膀。谁要是看见她们的眼睛，就会立刻变成石头。三姊妹中，只有美杜莎不能长生不死。

珀尔修斯知道这个秘密，于是趁着她们睡觉，背向三个蛇发女妖，从银光闪闪的盾牌里认出了美杜莎，然后割下了她的头，穿上飞鞋飞走了。两个姐姐醒来后，发现妹妹被杀，立刻鼓动着金色的翅膀去追赶凶手。可由于珀尔修斯戴着隐身帽，她们无论如何也找不到他。

在躲避美杜莎两个姐姐的追杀时，珀尔修斯遇到了暴风的袭击，美杜莎头颅上掉下来的鲜血落到利比亚沙漠中，化为一条条毒蛇。

勇气与毅力让珀尔修斯完成了自己的冒险，同时也告诉我们一个道理：无论面对多么困难的挑战，只要坚持不懈，就能战胜一切。

建筑家的逃亡

代达罗斯是雅典最伟大的艺术家。他的艺术作品在全世界都享有盛誉。但是这人却有一个严重的人格缺陷——既自负又嫉妒。

代达罗斯的外甥塔罗斯曾经跟着他学习艺术雕刻，后来逐渐显现出超高的天赋，独自发明了很多非常有用的工具。塔罗斯的名声越来越大，引起了代达罗斯的强烈嫉妒。于是他趁着外甥不注意，把塔罗斯推下城墙摔死了。

当他准备毁尸灭迹的时候被人发现，被判死刑。代达罗斯靠着自己的聪明逃出了监狱，并带着儿子伊卡洛斯逃到了克里特岛。国王弥诺斯收留了他。

在克里特岛，代达罗斯奉命为一个牛首人身的怪物建立一座迷宫。这个怪物每九年要吃掉七对童男童女。按照规定，这些童男童女由雅典向弥诺斯进贡。

代达罗斯本以为完成这项任务后国王会放他走，可没想到专制的国王不允许他离开，并把他和他的儿子伊卡洛斯关了起来。

为了逃离弥诺斯的封锁，代达罗斯和儿子搜集了很多羽毛，制造了两对翅膀，然后一起飞行。起飞前，他叮嘱儿子一定要在中间航线飞行，既不要飞得过高，也不要飞得过低。

起飞后，代达罗斯一边回头一边看儿子飞得怎么样。

然而，由于一开始飞行过于顺利，伊卡洛斯又过分自信，竟然离开父亲的航线向高空飞去。很快，太阳的高温烤软了黏合翅膀的蜜蜡，还没等那可怜的男孩反应过来，羽翼就已经解体，他身不由己地掉了下去，一头撞进碧蓝的海水里。

代达罗斯回头看时，伊卡洛斯已经被海浪所吞噬。

代达罗斯瞬间老泪纵横，心想这大概是自己杀害侄儿塔罗斯遭到的报应。他埋葬了儿子的尸体，继续向西西里岛飞去。

西西里岛的国王是科卡洛斯，他十分热情，把代达罗斯视为座上宾。代达罗斯在西西里岛做了很多造福当地人的事情，得到了很高的威望，但是自从他的儿子死后，他就再也没有快活过。

愚蠢的弥达斯国王

一天，酒神狄俄尼索斯和他的一大帮朋友沿着特莫罗斯山脉那些四周爬满葡萄藤的山丘散步，途中他的朋友西勒诺斯因为不胜酒力，落在后面睡着了，酒神也没有发现。当地农民发现了他，并把他带到弥达斯国王面前。弥达斯国王热情地招待了这位老者，并把这位尊贵的客人还给了酒神。

酒神再次见到了自己的老朋友，非常高兴。他答应弥达斯国王满足他一个愿望。弥达斯说："伟大的酒神，我希望凡是我接触的东西都变成金子。"酒神对此人的贪婪感到震惊，但还是答应了他的要求。

酒神刚走，弥达斯国王就急不可耐地走出去要试验一下双手的魔力。他从树上折下一根树枝，树枝立马变成了金的；他让人递给自己一块石头，石头立马变成了金子；他捡起一根麦穗，麦穗立马也变成了金麦穗……凡是他接触到的东西，都会立马变成金的。

国王高兴得忘乎所以，回到宫里，他要求侍卫给他端来吃的。可是，当他拿起面包、水果和蔬菜往嘴里送的时候，这些食物立马变成了金子；他拿起葡萄酒要喝的时候，葡萄酒立马变成了金汁……他懊悔地用双手拍打自己的头部，居然在镜子中看见自己的脸变得金光闪闪。

这时，他惊恐极了，立马举起双手祈祷起来，请求酒神收回他指物成金的能力。酒神告诉他，只要找到帕尔托罗斯河的源头，把头伸进湍急的河水里，就可以收回他身上的魔力。

弥达斯国王按照酒神的建议，在河水中浸泡了三次，魔法终于离开了他。经过这次教训，弥达斯国王开始厌恶一切财富，他经常离开豪华的王宫到山林和河流之间散步，并和牧神潘的信徒们聚在一起，共同欣赏潘的音乐。

有一次，牧神潘提出与阿波罗比赛音乐，由白发苍苍的老山神特摩罗斯负责裁判。比赛结束后，众人一致认为阿波罗更胜一筹，最后山神裁判阿波罗获胜。只有弥达斯国王喋喋不休，大声地说这个比赛的裁判不公正，应该由牧神潘摘得胜利的桂冠。

阿波罗对于弥达斯国王的不识时务非常恼火，于是悄悄走到这个傻瓜背后，把他的耳朵轻轻一拉，他的耳朵就变成了驴耳朵。这样的形象让弥达斯国王非常羞愧，每次出门都把自己包裹得严严实实。但只有一个人他无法欺骗，那就是他的理发师。理发师苦于不能将这个秘密告诉别人，憋在心里又十分难受。有一天，他终于忍不住了，跑到河边挖了一个沙洞，对着洞口悄悄地说："弥达斯国王有一双驴耳朵……"然后将洞口填平。

对于金钱、权力的盲目追求会让人不惜一切代价地去寻找捷径，误入歧途，最终给自己带来无法承受的后果。

不久，这里密密实实地长出了一丛芦苇，每当微风吹过，芦苇就发出沙沙的声响，好像在说："弥达斯国王有一双驴耳朵……"很快，所有人都知道了这个秘密，他们纷纷嘲笑弥达斯国王的愚蠢和顽固。

骄傲的尼厄柏

忒拜国王后尼厄柏有非常多值得骄傲的地方。她的丈夫安菲翁从缪斯女神那里得到一把精美的竖琴；她父亲坦塔罗斯是众神的座上宾；她自己不但拥有崇高的地位，还长得非常美丽端庄。但最让她感到自豪的还是她膝下的七对儿女，他们个个健康漂亮，惹人羡慕。

一天，忒拜国的妇女们正在为了祭拜生育女神勒托与她的双生子阿波罗和阿尔忒弥斯边游行边进行祈祷。正在这时，尼厄柏在侍卫的簇拥下出现。看到眼前的一幕，尼厄柏美丽的脸上充满了不快，她命令行进的队伍立马停下来，然后怒气冲冲地指责当地的妇女不可理喻——竟然去敬奉那些根本没有见过面的神祇，而不是敬奉她自己。她喋喋不休，不断炫耀自己的优势——尤其是她引以为傲的儿女，嘲笑勒托和她的儿女。妇女们被吓得不敢吭声，纷纷不情愿地摘下花环，放下祭品，回家去了。

女神勒托知道这件事后勃然大怒，她不能容忍一个凡人对自己如此嘲讽和谩骂。于是命令阿波罗和阿尔忒弥斯去为自己报仇。

在忒拜城外的一块空地上，尼厄柏的孩子们正在进行骑马和角力比赛。突然，阿波罗从天而降，一箭射中了老大的心脏，老大一声不吭就倒地而亡；老二刚听见空中的箭的响声准备逃跑，就被阿波罗射中了咽喉；老三和老四正在进行角力比赛，阿波罗一箭同时射中了他们的胸膛；老五刚想跑过来帮助他们，就被阿波罗射死；老六被阿波罗射中了膝盖，刚想把它拔出来，就被另一支箭射中了心脏。看到眼前的这一切，还是个孩子的老七惊慌失色，他恭敬地跪在地上，不断请求天神的原谅，他的祈求虽然感动了这冷酷的射手，但是已经太晚了——神箭已经射出，小男孩最终也像他的哥哥们一样被夺去了生命。

噩耗传来后，尼厄柏的丈夫安菲翁悲痛欲绝，挥剑自杀。尼厄柏瞬间崩溃了。她像个疯子一样跑到孩子们丧命的空地上，扑到已死的儿子们身上，撕心裂肺地哭喊。她受到的刺激很大，后来干脆继续唾骂残忍的勒托："恶毒的老太婆，不要以为你胜利了！即使我的儿子们都死了，我孩子的总量还是比你多得多！哈哈……"话音刚落，就听见弯弓搭箭的声音，尼厄柏的六个女儿来不及逃脱就纷纷倒地，只剩下最小的女儿，扑在母亲的怀里请求庇护。

"把这最小的孩子留给我吧！我只是一个可怜的母亲啊！"尼厄柏悲痛得难以自抑，不住地向天悲号。可惜一切都太晚了，就在她忙于祈求时，怀中的孩子已经坠落在地。

尼厄柏再也没有傲慢的资本了。悲痛已经让她彻底心如死灰，瘫坐在孩子和丈夫的尸体之间，她的身体渐渐地变得僵硬，只有眼泪还在无声地落下……最后，一阵狂风把她卷到了故乡的一座山上，化作了一座大理石雕像。

推动巨石的西绪弗斯

科林斯的国王西绪弗斯是世间最阴险狡黠的人。早前，宙斯化身一只雄鹰拐走了河神阿索波斯的女儿，河神怎么也找不到她。西绪弗斯为了自己的利益出卖了宙斯，告诉了河神阿索波斯他的女儿的藏身之处。宙斯非常恼怒，便派死神塔纳托斯去抓他。西绪弗斯设计战胜了死神，并用一条铁链锁住了他。此后的好几年，人间都没有人死去。最后多亏战神阿瑞斯用他的神剑砍断了铁链，才救出了死神。

死神被救出来以后，就扇动着他黑色的翅膀，把西绪弗斯抓进了地狱。但是，狡猾的西绪弗斯料事如神，在他活着的时候就叮嘱妻子，不要举行葬礼和祭祀。这些行为令冥王大为光火，以为是他的妻子破坏风俗。到了地府后，西绪弗斯向冥王哈得斯和他的妻子珀耳塞福涅求情，希望准许他回到人间去惩罚他破坏风俗的妻子。冥王夫妻没有识破他的诡计，同意了他的请求。可西绪弗斯一还阳，就把他的诺言忘到了九霄云外。他回家后每天大摆宴席，尽情享受，从未想过再回地府。

好景不长，一次，正当他向宾客大肆吹嘘自己怎样欺骗冥王的时候，死神突然出现，并毫不留情地把他抓回了地府。为了惩罚他的阴谋和欺骗，冥王决定给他最严厉的惩罚——在地府，他必须每天手脚并用，使足力气，从平地往高山推滚一块沉重的大理石。但每当他以为已经把它滚到山顶时，这块沉重的大理石便翻转过来，于是这块巨石就又滚到山下去。就这样周而复始，这个备受折磨的罪犯一次又一次，永不停歇地往上滚这块巨石，每日耗尽体力，感受冷汗不住地从肢体上流下来。

后来，人们就把那种重复费力而没有结果的劳动称为"西绪弗斯的工作"。

飞马座的由来

柏勒洛丰是西绪弗斯的孙子、科林斯国王格劳科斯的儿子。因为一次过失杀人而被指控，流亡到一个叫提任斯的国家。提任斯国王普洛托斯热情接待了他，并为他洗清了罪名。

柏勒洛丰长得仪表堂堂，人品无可挑剔。国王普洛托斯的妻子安忒亚试图引诱他，但被断然拒绝。安忒亚恼羞成怒，决定加害于他。她装作十分委屈的样子，跑到国王面前污蔑柏勒洛丰引诱她。

普洛托斯听完后勃然大怒。但是因为柏勒洛丰人缘很好，普洛托斯不便亲自下手，于是他就派柏勒洛丰到他岳父——吕卡亚国王那里去送信，信上要求对方杀掉送信人。

吕卡亚国王伊俄巴忒斯热情好客，对这位一看就品貌不俗的年轻外乡人以礼相待。但当他看到女婿信上的交代时，瞬间开始眉头紧锁。因为他也不想当这个坏人，于是派柏勒洛丰去杀怪物喀迈拉，希望他死于战斗。

怪物喀迈拉长着狮子的头、龙的尾巴和山羊的身躯，嘴里还时不时喷出熊熊烈焰，要想干掉它绝非易事。幸好众神非常同情这个无辜的青年，送给他一匹会飞的神马珀伽索斯。可是神马因为从来没有被人骑过，野性难驯，柏勒洛丰根本无法接近它，更不用说追上它。最后，他精疲力竭地在庇瑞涅神泉旁边睡着了。

正当他沉浸在梦乡的时候，智慧女神雅典娜出现在他的梦中，送给他一副金光灿灿的笼头，并且对他说，只要他拿着这副笼头，再去给波塞冬献祭一头公牛，他就可以如愿制服神马了。

柏勒洛丰醒来一看，果然手中多了一副笼头。他拿着笼头找到先知波吕伊多翁，并按他的要求给波塞冬祭奠了一头公牛，给雅典娜建造了一座祭坛。

做完这一切之后，柏勒洛丰很容易就追到神马并制服了它。他给神马套上雅典娜的笼头，然后翻身跨上马背，从空中射箭，一箭就杀死了怪物喀迈拉。

伊俄巴忒斯看到这个英俊的青年完好无损地归来，十分错愕，于是又派他去对付长期骚扰吕卡亚边境的索吕摩人和凶悍的亚马逊人，他每次都得胜而归。

看到柏勒洛丰如此命大，伊俄巴忒斯只好派自己国内的精锐部队埋伏在柏勒洛丰回来的必经之路上。但是，他们依旧被这位小伙子打得落花流水。

这时候，伊俄巴忒斯才意识到他所收留的客人并非罪犯，而是众神的宠儿，于是决定不再加害于他，而是对他以礼相待，并把自己的女儿嫁给了他。

不过，柏勒洛丰的晚年过得很惨，不仅有一双儿女因战争而死去，还因想要强行参加众神的聚会而被宙斯惩罚，从马上摔了下来。后来，神马被宙斯留下养在天庭，成为飞马座。

天琴座的传说

　　俄耳甫斯是古希腊有名的诗人和歌手。阿波罗曾送给他一把精美的七弦琴，并且教了他弹琴的绝佳技巧。无论是人还是神，都非常喜欢他。只要他弹起琴唱起歌，森林里的鸟兽都会情不自禁地屏住呼吸，静静陶醉在他优美的音乐里。

▶ 鸟兽都陶醉在美妙的音乐中，俄耳甫斯的琴技真高超啊！

　　俄耳甫斯有一个美丽的妻子——水神欧律狄刻。他爱音乐，更爱他的妻子。可就在两人结婚不久，他美丽的妻子就遭遇了厄运——被草丛里的一条毒蛇咬死。她痛苦的呻吟回荡在山谷森林之间，令整个大地为之动容。

　　妻子去世后，俄耳甫斯整天不吃不喝，悲痛欲绝。为了救活他美丽的妻子，俄耳甫斯决定长途跋涉到冥界去向冥王哈得斯求情。

　　阴森可怖的冥界到处都是亡魂，可是俄耳甫斯毫不畏惧，他弹起心爱的七弦琴，连亡魂也被深深感动，静静地聚拢在他周围。冥王夫妇也被俄耳甫斯的深情所感动，答应了他的请求。

　　"你带她走吧！"随着冥后珀耳塞福涅的招呼，欧律狄刻摇摇晃晃地走了过来。

　　"不过，你要牢记一点，在你穿过冥府大门之前，一眼也不准看身后的妻子，这样她才能真正属于你。如果你

违背了这一点，她就永远回不去了。"冥后叮嘱道。

俄耳甫斯带着他的妻子立刻离开了冥王夫妇，在黑暗的冥界向上攀登。过了很久，俄耳甫斯心底突然升起一种强烈的渴望：想要看看妻子到底是什么样子，到底有没有真的跟着自己，因为他的周围什么声音也没有。俄耳甫斯被恐惧和爱情所压倒，不能自已，于是偷偷地朝后看了一眼。可是，就在那一刹那，欧律狄刻的身子像一片落叶，轻轻坠回无尽的深渊里。

俄耳甫斯试图重回黑暗去寻找自己的妻子，可是冥河的艄公拦住了他，拒绝让他渡过冥河。这个可怜的人不吃不喝，在冥河岸边枯坐了七天七夜，却也没能再次感动冥王。

绝望的俄耳甫斯只好独自返回人间，走进山林，与飞禽走兽为伍。有一天，他坐在一个山丘上悲哀地弹奏，却被一群疯狂的女人砸死。她们痛恨俄耳甫斯，因为他不愿意在她们祭拜酒神狄俄尼索斯的筵席上歌唱。

风儿沙沙地吹着，整个大自然都为俄耳甫斯的死发出悲伤的呜咽。尽管俄耳甫斯死了，可他却实现了自己的愿望，与心爱的妻子欧律狄刻团聚了。他的七弦琴也随之冉冉升起，化为星座，就是我们夜里经常看到的天琴座。

赫拉克勒斯的故事

赫拉克勒斯的出身

赫拉克勒斯是宙斯与阿尔克墨涅的儿子。阿尔克墨涅是忒拜国王安菲特律翁的妻子。她在被宙斯诱惑后生下了赫拉克勒斯。因为天后赫拉的嫉妒，阿尔克墨涅担心儿子待在王宫里面不安全，就偷偷将他扔在了荒郊野外。一天，赫拉在雅典娜的陪伴下刚好路过这里，看到了这个美丽的孩子。赫拉可怜他，就把他抱在胸前，让他吮吸自己的乳汁，没想到这个孩子的吸吮太过用力，赫拉感到十分疼痛，气得将他扔在了地上。雅典娜无限爱怜地再次将他抱了起来，并把他交给这里的王后阿尔克墨涅，请求她代为照顾。

阿尔克墨涅一眼就认出了她的孩子，欢喜地把他放入摇篮。从阿尔克墨涅的眼神中，赫拉感觉到了不对劲，立刻想办法补救。她派出了两条大蛇，准备趁仆人和阿尔克墨涅熟睡的时候去咬死这个孩子。赫拉克勒斯感觉到了大蛇的缠绕，立刻哭了起来。等到大人们发觉孩子的哭声过来看时，赫拉克勒斯已经用小手将两条蛇掐死了。这是他第一次被人发现具有天生神力。

国王安菲特律翁听说了这件事，他决定将这个孩子当作是宙斯的礼物，并请来了先知为这个孩子算命。先知忒瑞西阿斯对所有人预言，这个孩子将战无不胜，在经过重重苦难后享有永恒的生命，并和青春女神赫柏结婚。

赫拉克勒斯的选择

得知这个孩子的非凡命运后，国王安菲特律翁决定让他接受最好的教育，于是邀请了国内所有知名的人士来教给他各种各样的技能。后来，赫拉克勒斯因为失手打死了老师利诺斯，被国王放逐到乡下去放牧。

当赫拉克勒斯长到十八岁时，他已经成为全希腊最帅气和强壮的男人。一天，赫拉克勒斯独自一人在僻静处沉思，思考自己将来该走哪条路。正在这时，两个高挑的女人朝他走来。

一个女人高贵典雅，彬彬有礼；另一个女人则妖娆动人，目光游移。妖娆女人赶在高贵女人之前跑到了赫拉克勒斯面前。

"赫拉克勒斯，听说你在选择自己的人生之路。只要你选择和我交朋友，我可以让你过上安逸的生活，吃穿不愁，安枕无忧。你不必每天辛苦地劳动就可以拥有无限的财富。你的生活就是一场美梦。"

听到这些诱人的条件，赫拉克勒斯心中迷惑不解："哦，美丽的女人，你为什么给我这么多优厚的待遇，你叫什么名字？"

"我的朋友们都叫我'幸福'，可是我的敌人为了侮辱我，都称我为'堕落的享受'。"

这时，另一个女人也款款来到了赫拉克勒斯的面前。

她不慌不忙地说："亲爱的，我认识你的父母，了解你的脾性，知道你具备所有成为一个善良的英雄所需要的一切品格。我不会带你去堕落，相反，我要让你走一条崎岖不平的道路。因为不经过一番风雨，你是不会有所成就的。要想受神宠爱，就得敬奉神灵；要想受人欢迎，就得帮助他人……跟我做朋友，我会让你成为全希腊闻名的大英雄。"

"我愿意选您做朋友！"赫拉克勒斯大叫一声。瞬间，两个女人都不见了。

与巨人的战斗

赫拉克勒斯选择成为英雄后，先后杀死了凶猛的狮子，率领忒拜人一起打败了侮辱他们的弥尼安斯人，全希腊人都对他的英勇钦佩不已。克瑞翁国王听说了赫拉克勒斯的事迹后，就将自己的女儿墨伽拉嫁给了他。墨伽拉为他接连生下了三个儿子，众神也赐给了赫拉克勒斯许多礼物：赫尔墨斯送给他一把剑；阿波罗送给他箭矢；赫淮斯托斯送给他一个金箭袋；雅典娜则送给他一个漂亮的头盔。

不久，赫拉克勒斯得到了一个报答众神的机会。

"泰坦之乱"后，宙斯把地母该亚的儿子泰坦们打入了地狱。地母很不满意，唆使自己剩下的巨人儿子们来给自己年长的儿子们报仇。

赫拉克勒斯毅然决然选择"奋斗"的道路，这才是英雄的品格——不甘于平庸，具有远大的志向和过人的勇气。

为了应对巨人们的挑战，宙斯把所有的天神都招来开会。他们从神谕中得知，天神们只有同一个凡人一起作战才能消灭这些巨人。该亚知道了这个消息，就想找到一种草药让自己的儿子们不被人类伤害。

为了防止地母找到这种草药，宙斯禁止太阳、月亮和星辰发光，并且抢在该亚之前飞快地割掉了它。

与此同时，奥利波斯山上早已硝烟弥漫。战神阿瑞斯手持金色的盾牌驾着战车冲进敌阵，杀死了蛇足巨人珀罗洛斯，但直到这个巨人看到赫拉克勒斯的身影时，他才灵魂出窍而死。

赫拉克勒斯用箭杀死了巨人提福俄斯后，提福俄斯立刻滚落山顶，但当他一接触到大地时，就马上复活了。后来，赫拉克勒斯按照雅典娜的建议，将他从大地上举了起来。离开了大地的保护，他立刻就死去了。

在众神的齐心协力下，剩下的巨人也很快被干掉了。

为了对这次战争中的英勇的众神表示嘉奖，宙斯封所有参加这次战斗的神祇为奥林匹斯山神，同时也把这个称号赐予两个他在人间的儿子：狄俄尼索斯和赫拉克勒斯。

赫拉克勒斯和欧律斯透斯

早前，宙斯曾当众宣布，珀尔修斯的长孙将会拥有他所有其他子孙的统治权。本来，这个荣誉是准备给赫拉克勒斯的，但是由于天后赫拉嫉妒阿尔克墨涅，于是设法让珀尔修斯的另一个孙子——欧律斯透斯提前出生，因此欧律斯透斯成了阿尔戈斯地区的迈锡尼的国王，后出生的赫拉克勒斯则不得不成为他的臣民。

赫拉克勒斯本不愿意听命于凡人，但是一道神谕告诉他，他必须完成迈锡尼国王欧律斯透斯交给他的十件任务，才有资格纠正被篡改的神谕，升格为神。

得知神谕后的赫拉克勒斯陷入了沉思：服从于一个卑微的凡人，这实在有损于他的尊严；但如果不服从宙斯的命令，又会带来严重的后果。他的敌人赫拉察觉到了这一点，让他的忧郁逐渐变为愤怒，最后转变为疯狂。他试图杀死他一贯钟爱的侄儿伊俄拉俄斯，当伊俄拉俄斯逃跑后，他竟然把自己的三个孩子当作巨人射杀了。清醒过来后的赫拉克勒斯无颜再面对自己的妻子墨伽拉，于是遵从妻子的意愿，把她嫁给了侄儿伊俄拉俄斯。

赫拉克勒斯的前六项任务

最终，时间平复了赫拉克勒斯的心态。他终于勇敢接受了欧律斯透斯的任务。

赫拉克勒斯的第一项任务是把狮子涅墨亚的皮毛带回来。狮子涅墨亚栖身于伯罗奔尼撒的森林里，相传是妖魔之父堤丰和蛇妖厄喀德那的儿子，人类的武器无法伤害它。但赫拉克勒斯还是想办法找到了它，并用众神赐予的神箭射杀了它，最后带着狮子的皮回到了欧律斯透斯那里。

赫拉克勒斯的第二项任务是杀死许德拉。许德拉是堤丰和厄喀德那的女儿，一只九头蛇巨怪。许德拉九颗头中八颗可以被杀死，中间那一颗是杀不死的。但赫拉克勒斯

却用神箭杀死了许德拉，并砍下了她那颗不死的头埋在路边。最后又把他的箭浸入她那有毒的血液之中。从此，被赫拉克勒斯射中的人都无药可救。赫拉克勒斯虽然完成了这项任务，但是由于这项任务有他的侄儿伊俄拉俄斯的帮忙，所以欧律斯透斯并不承认。

赫拉克勒斯的第三项任务是生擒赤牝鹿。这只鹿是狩猎女神阿尔忒弥斯练习打猎时的五只鹿之一，有着金色的鹿角，长得十分漂亮。赫拉克勒斯整整追了它一年，最终得到女神的允许，带着生擒的赤牝鹿回到迈锡尼。

赫拉克勒斯的第四项任务是活捉厄律曼斯托山的野猪。这头猪是用来献祭给女神阿尔忒弥斯的圣物，可是它到处糟蹋庄稼，为害不浅。在这次冒险的路途中，赫拉克勒斯因为马人们抢他的酒而被激怒，射箭追赶马人们，却不小心射中了自己的朋友喀戎的膝盖。可怜的喀戎虽是不死之身，却难以忍耐毒箭的折磨，他痛苦地呻吟着，赫拉克勒斯见状十分不忍，但他也没有办法。最后喀戎自愿与普罗米修斯交换，放弃了自己的永生。

不久，赫拉克勒斯就捉到了厄律曼斯托山的野猪，并把它带回迈锡尼。

赫拉克勒斯的第五项任务是在一天之内清扫干净国王奥革阿斯的牛棚。这是一项非常侮辱人的任务，奥革阿斯的牛棚里有三千只牛，牛粪堆积如山，但赫拉克勒斯却勉强自己把它做得很好。可到最后，欧律斯透斯却以这次劳动获得了报酬为由，拒绝承认这项任务。

赫拉克勒斯只好继续他的第六项任务——驱赶斯廷法

罗斯湖的怪鸟，这群怪鸟有着铁嘴、铁翼和铁爪，难以对付。赫拉克勒斯遇到它们时，它们正在被狼群追赶。正当他不知该如何对待这群怪鸟时，智慧女神雅典娜拍了一下他的肩膀，递给他两面专门为他铸造的铁钹。赫拉克勒斯敲击铁钹吓跑了怪鸟，并弯弓搭箭射向它们，怪鸟再也不敢回到这里来了。

赫拉克勒斯的后四项任务

赫拉克勒斯的第七项任务是降服克里特岛上的一只发狂的牛。当他把这只牛带到欧律斯透斯面前时，欧律斯透斯非常满意，但当他欢喜地看过这只动物后，就把它放了，这只牛又开始到处破坏其他地方。

赫拉克勒斯的第八项任务是驯服食人马群。彼斯托涅斯族的国王养了一群强壮的马。这群马的食物不是燕麦，而是路过此地的外乡人。赫拉克勒斯制服了马群的管理员，并把国王扔进了马槽。吃过国王后，这群马变得驯服起来。但是，后来在赫拉克勒斯离开马群对付彼斯托涅斯人时，这群马又吃了他的同伴阿珀特洛斯。赫拉克勒斯感到非常难过，就造了一座城来纪念他的这位朋友。最后，赫拉克勒斯再次驯服了这些马，将它们交给欧律斯透斯。

赫拉克勒斯的第九项任务是把亚马逊人的女王希波吕忒的腰带带给欧律斯透斯的女儿阿特梅塔。亚马逊人居住在蓬托斯的忒耳摩冬河两岸，全部都是女人，她们买卖男人进行生育，并且只抚养女儿。这是一个好战的民族，为了表彰她们的勇敢，战神送给她们的女王一条腰带。赫拉克勒斯来到此地后，女王希波吕忒听说了他的来意，答应把腰带送给他。但是赫拉为了制造混乱，故意变成一个亚马逊人散布谣言，说有人试图拐走她们的国王。为此，双方展开了一番激战，最后还是赫拉克勒斯胜利了。

赫拉克勒斯的第十项任务是把巨人革律翁的牛牵到欧律斯透斯面前。巨人革律翁拥有三头六臂，迄今为止没有一个人类敢挑战他。此外，革律翁还有三个兄弟，个个都拥有强大的军队。他有一群棕里透红的牛，由另一个巨人和一只两个头的狗看守。

赫拉克勒斯对此毫不畏惧，在克里特岛集合了他的军队后，开始向革律翁和他的牧群进发。

在利比亚，赫拉克勒斯遇到了地母该亚和海神波塞冬的儿子安泰俄斯。安泰俄斯强迫所有过路的人与他摔跤，并把他们杀死。因为母亲该亚给予的力量，只要让他保持与大地接触，他就战无不胜。赫拉克勒斯将他高高举过头顶，掐死了他。

经过长途跋涉，赫拉克勒斯来到了大西洋。这里酷热难当，赫拉克勒斯威胁要把太阳射下来，太阳神赫利俄斯佩服他的勇气，借给他一只金碗让他继续前进。赫拉克勒斯利用金碗和他的同伴们到达意卑利亚。

在意卑利亚，赫拉克勒斯杀死了巨人革律翁的三个兄弟，并征服了他们的军队，随后在厄律提亚岛与巨人革律翁展开了一场恶战。赫拉亲自现身帮助巨人，结果被赫拉克勒斯一箭射中胸部，仓皇逃跑。

赫拉克勒斯的最后两项任务

本来，赫拉克勒斯已经圆满完成了欧律斯透斯交代的十项任务。但是欧律斯透斯因为害怕赫拉克勒斯，故意不承认其中的两项任务。赫拉克勒斯只好遵照欧律斯透斯的吩咐，再去完成两项任务。

早前，宙斯和赫拉举行婚礼的时候，地母该亚曾经送了一棵金苹果树给他们，由夜神的四个女儿赫斯珀利得姐妹和一只百头巨龙看守。

赫拉克勒斯的其中一项任务就是摘取圣花园里的金苹果。接到任务后，赫拉克勒斯又开始了漫长而危险的跋涉。他先后杀死了巨人忒墨洛斯和战神阿瑞斯的儿子库克诺斯。战神为了给儿子报仇，亲自现身与赫拉克勒斯决斗，但是宙斯不愿意见他的儿子们自相残杀，于是用一道闪电使他们分开。

之后，赫拉克勒斯到达宙斯和忒弥斯所生的仙女的住处，向她们打听圣花园的道路。仙女建议他去找老河神涅柔斯，赫拉克勒斯听从仙女的意见，抓住了河神，问出了圣花园的具体位置。

赫拉克勒斯终于来到圣花园附近，还看到了背负苍天的阿特拉斯以及被缚的普罗米修斯。普罗米修斯建议他不要自己去摘金苹果，而是让阿特拉斯去摘。于是赫拉克勒斯就和阿特拉斯达成一致——他替阿特拉斯背负天空，阿特拉斯替他摘取金苹果。阿特拉斯杀死了巨龙，骗过了看守，摘下了三个金苹果，扔到赫拉克勒斯脚下。然后跟他说："我的肩膀再次感受到了没有天空的感觉，我不愿意再扛着它了。"

赫拉克勒斯感觉受到了欺骗，请求允许他先往头上绑团棉花。

阿特拉斯一听言之有理，就从赫拉克勒斯手上接过了重担。但这次他却等不到赫拉克勒斯的接替了。赫拉克勒斯从地上捡起金苹果，把它交给了欧律斯透斯。

欧律斯透斯看见赫拉克勒斯还是没有死，非常震惊，决定让赫拉克勒斯完成一项不可能完成的任务——把冥王哈得斯的看门狗刻耳柏洛斯从地府里带出来。他相信，这次赫拉克勒斯无论如何也活不成了。

冥王哈得斯的看门狗有三个头，每个头上的嘴里都流着可怕的毒涎。它的身后是一条龙尾，头和肩上则盘着咝咝作响的毒蛇。

赫拉克勒斯为此来到了厄琉西斯城，请教了祭司关于上天入地的秘密。做完这一切后，赫拉克勒斯由神使赫尔墨斯指引，来到哈得斯的领地。

在这里，赫拉克勒斯还看到了自己的朋友忒休斯和庇利托俄斯。忒休斯是陪他的朋友庇利托俄斯向冥后珀耳塞福涅求婚的。两人由于大胆的行为，被哈得斯锁在了一块岩石上。赫拉克勒斯解救了忒休斯，却在解救庇利托俄斯时失败了，因为冥王哈得斯出现了。

赫拉克勒斯弯弓搭箭，射中了哈得斯，他感到无比疼痛。当赫拉克勒斯要求他交出看门狗时，他很快答应了。但他有一个要求，赫拉克勒斯不可以用武器去制服它。因此，任凭这个怪物疯狂地撕咬他，赫拉克勒斯就是不撒手，最终把它制服了。

当赫拉克勒斯把这个怪物带到欧律斯透斯面前时，他惊讶极了，这才相信赫拉克勒斯是被神看重的人，除掉他是不可能的。他释放了赫拉克勒斯，让他把哈得斯的狗带回地府。

赫拉克勒斯和阿德墨托斯

在忒萨吕的费赖城里，住着一对恩爱的夫妻，阿德墨托斯国王和他的妻子阿尔刻提斯。在国王生命行将结束的时候，他的保护神阿波罗告诉他，如果有人愿意代他而死，他就可以免除死亡。

国王的亲人和子民虽然舍不得国王离开人世，但没有人愿意替他去死，连他年迈的老母亲也不发一语。

只有国王年轻美丽的妻子纯洁无私地爱着她的丈夫，愿意替他去死。她刚表达了自己的意愿，死神塔纳托斯就挥舞着翅膀赶到宫门，要把阿尔刻提斯带回地府。

得知自己来日无多，虔诚的阿尔刻提斯在清泉中沐浴后，穿上自己最喜欢的衣服，戴上自己最爱的首饰，吻了丈夫和孩子，然后在和丈夫告别后昏死过去。

正在人们为阿尔刻提斯准备葬礼时，赫拉克勒斯恰好路过此地看望国王阿德墨托斯。国王为了让赫拉克勒斯的心情不受到此事的影响，没有告诉他实情，只是含糊地说死了一个远房亲戚。

赫拉克勒斯对此并没有太在意，他只是叫来一个仆人到屋里，给他倒酒。但仆人那过分悲哀的神色明显让他感觉到了异样。"为什么这么招待远道而来的客人？凡人命运的终点难道不都是死吗？来，和我一起喝一杯，你会很快忘记痛苦！"赫拉克勒斯大声对仆人说。

没想到仆人根本听不进去赫拉克勒斯的话，而是哭丧着脸走了出去。

"我不应该快活吗？就因为一个素不相识的女人？"赫拉克勒斯十分生气。

赫拉克勒斯不忍朋友遭受失去妻子的痛苦，勇敢地与死神决战，最终解救了阿德墨托斯国王的妻子，他是多么善良又勇敢呀！

"一个素不相识的女人！"仆人大喊起来，"对你来说她是一个素不相识的女人，对我们来说可不是！"

看来，阿德墨托斯并没有告诉自己实情。赫拉克勒斯陷入了沉思。很快，他就了解了事情的来龙去脉，但他并不悲伤，而是决定救回这个女人。

当阿德墨托斯回到空无一人的屋子，满目凄凉地看着眼前的一切时，赫拉克勒斯已经和死神在他妻子的墓穴边展开了决战，最终赫拉克勒斯带走了他的战利品——国王的妻子。

但他并没有马上告诉国王这个喜讯，而是以送给他的朋友一个新的妻子为由，让朋友接受他的战利品。

阿德墨托斯一开始并不愿意接受，但当他揭开眼前女子的面纱时，才发现这个女子竟然就是自己的妻子。

赫拉克勒斯赎罪

赫拉克勒斯和墨伽拉分开后，爱上了国王欧律托斯的女儿伊俄勒。国王许诺只要赫拉克勒斯在射箭比赛中战胜他和他的儿子，就可以把女儿嫁给他。赫拉克勒斯做到了这一点，国王却食言了，因为他害怕墨伽拉的遭遇再一次轮到自己女儿头上。赫拉克勒斯只好忧郁地离开王宫。

不久后，国王丢失了他的牛群，并且怀疑到赫拉克勒斯头上。国王的儿子伊菲托斯信任赫拉克勒斯，便和他一起寻找。在此期间，赫拉克勒斯疯病再次发作，将伊菲托斯从城墙上扔了下去。

为了赎罪，赫拉克勒斯只好听从宙斯的神谕：将自己卖身为奴三年，并且将所赚的钱交给死者的父亲。于是他来到亚细亚，将自己卖给女王翁法勒做奴隶。

卖身为奴后，赫拉克勒斯为民除害，做了很多了不起的事情。翁法勒得知赫拉克勒斯是伟大的宙斯的儿子后，便还他自由，还嫁给了他。

在这里，赫拉克勒斯渐渐忘记了他年轻时候的选择，变得沉湎酒色，毫无斗志。他穿着女人的衣服，和侍女一起用手指纺线，整日为女王和她的仆人讲述自己过去的英雄故事，沉浸在低俗的享乐中不能自拔。

三年服役期满后，赫拉克勒斯恢复了清醒，他嫌弃地脱下了一身女装，重新获得了自由。

赫拉克勒斯报仇

现在，赫拉克勒斯开始为自己报仇，因为此前有很多人侮辱过他。首先，他要找那个专制的特洛伊国王拉俄墨冬报仇。赫拉克勒斯曾经从海怪手里救出过他的女儿赫西俄涅，可拉俄墨冬非但没有将约定好的报酬——战神阿瑞斯的快马给他，还对他多番辱骂。赫拉克勒斯带着六只船和一小队英雄出发，攻入了特洛伊的城墙，将拉俄墨冬和他的几个大点儿的儿子全部杀死，只留下了拉俄墨冬的女儿赫西俄涅和她的弟弟。

赫拉克勒斯将赫西俄涅送给自己的兄弟忒拉蒙作为妻子，然后允诺她可以选择一个战俘进行释放，赫西俄涅选择了自己的弟弟——波达尔刻斯。

"很好，他是你的了，"赫拉克勒斯说，"但他必须首先成为奴隶，然后你可以用钱将他赎回。"

赫西俄涅扯下了皇族的头饰，递给了赫拉克勒斯。从此，波达尔刻斯就改名为普里阿摩斯，意为"被卖的人"。

后来，赫拉克勒斯又杀死了此前挖牛粪的时候拒绝给自己付出报酬的厄利斯城国王奥革阿斯和他的儿子们，只剩下了费琉斯。因为当时费琉斯不同意父亲的做法，惹怒了父亲，被逼着放弃地位和财富离开。出于友情的考虑，赫拉克勒斯将厄利斯城送给了费琉斯。

最后，他又召集勇士战胜了骁勇善战的斯巴达人，杀死了在他误杀伊菲托斯后不肯为他净罪的斯巴达国王希波克翁和他的儿子们，然后扶持卡斯托尔和波吕丢刻斯的父亲廷达瑞俄斯上位。不过，他仍然保留着对斯巴达王国的所有权，这是他为自己的子孙准备的。

赫拉克勒斯之死

在做出一系列的英雄事迹后，赫拉克勒斯通过和河神阿刻罗俄斯角力，战胜了讨厌的求婚者阿刻罗俄斯，娶了卡吕冬的国王俄纽斯那美丽的女儿得伊阿尼拉。

后来，他无意间杀死了国王的一个男仆，不得不带着美貌的妻子和他们的小儿子许罗斯一起流亡。

在欧俄诺斯河，他们遇到了依靠背路人过河来获取报酬的马人涅索斯。为了渡过湍急的河流，赫拉克勒斯只好将得伊阿尼拉交给马人，并给了他报酬。而他自己则先行一步。没想到当马人涅索斯背着得伊阿尼拉到了河的中间时，忽然被她的美色迷惑，竟然大着胆子去抚摸她美丽的手臂，得伊阿尼拉当即大喊起来。

走到港口的赫拉克勒斯听到妻子的呼救，转身看见这个多毛的怪物竟然欺侮自己的妻子，就毫不迟疑地用箭射向正在上岸的涅索斯。涅索斯立刻中箭倒地。

得知自己快要死去的涅索斯为了报复赫拉克勒斯，叫住了即将奔向丈夫的得伊阿尼拉，骗她说只要收集了他中箭伤口附近的血液，把它涂在赫拉克勒斯的内衣上，就能保证让他永远只爱自己。天真的得伊阿尼拉相信了。

赫拉克勒斯的最后一战是与不肯将女儿嫁给他的国王欧律托斯的战斗。他在希腊组成一个庞大的军队，包围了整座城市，杀死了年迈的国王和他的三个儿子。年轻的伊俄勒则成了他的俘虏。

得伊阿尼拉在家中焦急地等待着丈夫的消息。不久，使者来报，赫拉克勒斯取得了完全的胜利，正准备绕道到欧玻亚的刻奈翁半岛祭祀宙斯。过了一会儿，赫拉克勒斯的仆人利卡斯带回来一个年轻美丽的女俘虏，请求得伊阿尼拉能够饶恕她。

得伊阿尼拉看到眼前的女子如此高贵而美丽，怀疑她不是普通人家的女孩，于是向利卡斯询问她的出身和家庭。利卡斯支支吾吾，欲言又止。

当赫拉克勒斯的仆人利卡斯奉命将这个可怜的女孩带到一间单独的屋子里时，使者看见左右无人，就将这个女孩的来历原原本本告诉了得伊阿尼拉。

知道这一切的得伊阿尼拉想起了马人的指示，于是将她所收集的马人的血涂在了丈夫的内衣上，然后派利卡斯将这个礼物带给自己的丈夫。

不久，他们的小儿子许罗斯带来了最新的消息，穿上得伊阿尼拉亲手缝制的内衣后，赫拉克勒斯很快像被毒蛇吞噬一般，全身抽搐，发起狂来，将他的仆人利卡斯一把抓起摔死了。紧接着，赫拉克勒斯那狮子般的哭喊声充满了整个山林。

听到这些消息，得伊阿尼拉悲痛地自杀了。

谁能想到拥有辉煌战绩的大英雄，如今却死在了他的妻子手里呢！这段语言描写突出了赫拉克勒斯此刻内心的不甘与愤怒。

"儿子，你在哪里？快拔出剑杀死你的父亲吧！可怜可怜我这个哭得像女人的英雄吧！"正当许罗斯为他母亲的死而难过时，赫拉克勒斯走了进来，举起双手，"这双手，它曾经杀死过强大的狮子、扼死过巨大的许德拉、解决了厄律曼托斯的野猪、带回了冥王哈得斯的狗！现在，它却完全失去了力量！这些年来，没有任何山林野兽，也没有任何巨人勇士能够征服我，可我却死在了妇人的手里！儿子，杀死我并惩罚你的母亲吧！"

但当他知道妻子并不是故意要害死她的丈夫并且已经以一死弥补过错后，赫拉克勒斯的内心从暴怒转为忧郁。他让许罗斯娶他带回来的年轻女人伊俄勒为妻，然后让人把他抬到堆满柴堆的山顶。

他让手下人从下面点燃柴堆，但没有人忍心这样做。最后，被疼痛折磨得无比绝望的赫拉克勒斯请求他的朋友菲罗克忒忒斯来帮他实现愿望，并答应以他的神箭相赠。当柴堆刚刚被点燃的一刹那，天空中响起了闪电，熊熊大火中，人们看到赫拉克勒斯被天上的云托着，缓缓升入奥林匹斯山。

阿尔戈船的英雄们

伊阿宋与珀利阿斯

伊阿宋是克瑞透斯的孙子，埃宋的儿子。克瑞透斯建立了伊俄尔科斯城，并将王位传给自己的儿子埃宋。由于埃宋的无能，王位被他同母异父的兄弟珀利阿斯篡夺，埃宋一家也被放逐到了城外荒凉的地方。

埃宋死后，伊阿宋被送到马人喀戎那里学习。在喀戎的教育下，伊阿宋变成了一个胸怀大志的小伙子。

珀利阿斯年老的时候曾经得到过一个神谕，让他提防一个穿着一只鞋子的人。珀利阿斯思来想去，却怎么也参不透神谕的含义。

伊阿宋长大以后，悄悄打点行装，准备回到自己的家乡伊俄尔科斯城，向自己的叔父讨回王位。途中，他遇到了由天后赫拉变化的老妇人，请求帮助渡河。伊阿宋二话不说，用自己强壮的双臂托起老妇人走过河去。由于河床太过泥泞，他的另一只鞋子陷进了淤泥里，但他毫不在意，继续向前赶去。

到达伊俄尔科斯城后，正巧遇到他的叔父珀利阿斯在向海神波塞冬献祭。伊阿宋的全副装备引起了他的注意，他还惊讶地发现这个小伙子只穿了一只鞋子。他强压内心的震撼，亲自问这个小伙子叫什么名字，从哪里来。伊阿宋落落大方地介绍说，自己是埃宋的儿子，这次回来是为了瞻仰父亲的故居。珀利阿斯听完后，立马明白了他的用意，但仍然装作若无其事的样子，热情地邀请伊阿宋到王宫各处参观，并举办了盛大的宴会欢迎他的归来。

这样过了几天，伊阿宋温和地对珀利阿斯提出自己的请求，希望叔父能将父亲的王位还给自己。狡猾的珀利阿斯早已料到了这一点，他表面上答应了伊阿宋的请求，但却说要让伊阿宋先帮他去科尔喀斯的埃厄忒斯国王那里取回金羊毛才肯归还王位。单纯的伊阿宋信以为真。

金羊毛的传说

作为古希腊神话中的稀世珍宝，金羊毛有着非同一般的来历。

最初，天后赫拉命令玻俄提亚的国王阿塔玛斯娶云神涅斐勒为妻。二人结婚后，生有一男一女两个孩子。男孩叫作佛里克索斯，女孩叫作赫勒。后来阿塔玛斯爱上了卡德摩斯的女儿伊诺，并且和伊诺住在了一起。恶毒的后母非常讨厌涅斐勒的孩子，谎称必须把涅斐勒的孩子献祭给宙斯才能使国家免除灾害。为了保护自己的孩子，涅斐勒从赫尔墨斯那里得到一只巨大的公羊，她让孩子们骑在公羊身上越过大海，逃亡外地。可是在大海的上空，赫勒因头晕而从羊背上掉下来坠海而亡。佛里克索斯不远万里，终于来到了黑海边上的科尔喀斯，并在那里得到了国王埃厄忒斯的热情招待，国王还把自己的女儿嫁给了他。佛里克索斯得到了幸福，可是公羊却因为精力耗尽死去了。

为了表示对国王的感谢，佛里克索斯将公羊献祭给了宙斯，却把羊毛剥了下来献给了埃厄忒斯。后来，埃厄忒斯又把它转赠给战神阿瑞斯。阿瑞斯将金羊毛钉在了埃亚森林里的一棵橡树上，并派一条毒龙看守。

楞诺斯岛上的女人们

为了进行这次伟大的冒险，伊阿宋召集了全希腊最有名的英雄们一起出发。出发前，在雅典娜的指示下，希腊最著名的造船师阿耳戈斯为他们造了一艘能够容纳五十个桨手的豪华大船。因此这条船也被命名为"阿耳戈"号，船上的人被称为"阿耳戈英雄"。

出发前，为了让他们随时知道神谕，雅典娜让他们在船的龙骨上镶嵌了一块预言牌。船上的英雄们抓阄决定各自在船上的位置。伊阿宋是船长，提菲斯任舵手。船头坐着赫拉克勒斯，船尾坐着珀琉斯和忒拉蒙。此外，船舱里还坐着宙斯的两个儿子卡斯托尔和波吕丢刻斯，以及墨勒阿革洛斯、阿德墨托斯等英雄。伟大的歌手俄耳甫斯也在这艘船上。

起锚以后，五十支桨同时开动，一上一下地划着，发出和谐的声音。他们乘风破浪，一眨眼的工夫就把伊俄尔科斯抛在身后。

第二天，英雄们被一阵暴风吹到了楞诺斯岛的港湾。他们看到楞诺斯岛上的女人一个个全副武装，冲出城门涌到海岸上，怒目而视，十分奇怪。

原来，岛上的女人曾经因为得罪了阿佛洛狄忒而受到诅咒，身上发出难闻的气味，被她们的丈夫所厌弃。后来，岛上的男人在同特拉克人作战中获胜，带回很多美女。这引起了岛上女人们的嫉妒和愤怒，她们联合起来杀死了岛上所有的男人。只有女王许普西皮勒偷偷救出了自己的父亲。从此以后，岛上的女人们担心特拉克人来报仇，于是对海岸严加提防。

阿耳戈的英雄们派人来到岸上表示友好，请求得到她们的接待。女王在和她的臣民商量之后，不但同意接纳他们，还请求他们留下来一起打理这座城市。除了伊阿宋外，其他的英雄都很乐意留下来。

在伊阿宋的严厉斥责下，英雄们逐渐恢复了理智，眼含热泪与楞诺斯岛上的女人们依依话别。

波吕丢刻斯的拳击赛

离开楞诺斯岛后，阿耳戈的英雄们在一座海岛上同巨人们作战，取得胜利后，来到密西亚的一个海湾，在咯厄斯城登陆并受到热情款待。在这里，英雄赫拉克勒斯因为朋友的意外去世而掉了队。

第二天，他们来到了国王阿密刻斯的领地。国王要求所有踏上他国土的外乡人都必须与他进行一场拳击比赛，不然休想离去。为此，阿耳戈的英雄们派出了勒达的儿子波吕丢刻斯应战。

拳击比赛正式开始后，国王步步紧逼，使尽招数，试图打倒这位勇士，但波吕丢刻斯每次都是灵活地躲过袭击，没有受伤。对阵几番后，他很快摸清楚了对手的弱点，将国王打得汗流浃背，落花流水。最后，在这位勇士的反攻之下，国王很快就只有招架之功，没有还手之力了。最后这位残暴的国王终于惨死在波吕丢刻斯的手下。阿耳戈的英雄们欢呼起来。

不过，国王的侍从开始为他报仇，将矛头对准正在欢呼的英雄们，但英雄们毫不畏惧，很快解决了这场战乱，在天色拂晓之时唱着凯歌离去。

菲纽斯和美人鸟

不久，英雄们到达菲纽斯国王的领地。菲纽斯国王是英雄阿格诺耳的儿子，因为滥用阿波罗赋予的预言本领而受到惩罚。高龄的他不但双目失明，还不能安安稳稳地吃一顿饭，因为每次当他吃饭的时候就会有一种可恶的怪鸟——美人鸟来骚扰他，它们不但会在菲纽斯吃饭的时候千方百计抢夺他的食物，还会把未抢完的食物弄脏，搞得食物难以下咽。

不过，菲纽斯也曾得到过一道宙斯的神谕，阿耳戈的英雄们来到他的领地时，他就可以摆脱困境了。因此，这位老人一听说阿耳戈英雄们到了的消息，就离开了他的宫室，亲自前去迎接。

看到国王那瘦骨嶙峋的身体，英雄们无不错愕。他们马上答应了这个可怜的老人的请求，并且准备杀死美人鸟。就在英雄们即将置恶鸟于死地的时候，宙斯的女使者突然出现，制止了他们的行为，并且保证这些怪鸟再也不会骚扰菲纽斯了。英雄们听完，便不再追赶。

看着年迈的国王在他们面前狼吞虎咽地吃着圣餐，英雄们百感交集。

巧遇佛里克索斯的儿子

离开菲纽斯国王的领地后，英雄们继续航行。途中，他们听到一阵阵震耳欲聋的巨响，原来这是不断撞击又不断分离的撞岩发出的声音。众人都为眼前的景象所震撼，担心无法通过。但在雅典娜的帮助下，他们还是安然无恙地闯过了撞岩的夹缝。

不久，英雄们又来到一个叫阿瑞提亚的小岛。岛上有一种非常奇怪的鸟，长着铜翅、铜爪和铜喙，这种鸟身上掉下来的毛像飞箭一样，杀伤力非常大。英雄们刚刚靠岸，俄琉斯就遭遇了袭击，肩膀被怪鸟的羽毛所伤，他的同伴连忙为他包扎了伤口。英雄们本想用箭将这些鸟射杀，但想到这些鸟数目庞大，他们的箭恐怕不够用。于是听从航海经验丰富的英雄安菲达玛斯的建议，通过盾牌的撞击发出声音，吓走了那些怪鸟。

上岸后，阿耳戈的英雄们遇到了四个衣衫褴褛的小伙子，请求英雄们赐给他们一些衣服和食物。为首的小伙子自称阿尔戈斯，说他们都是佛里克索斯的孩子，在取回父亲遗物的途中，船只被暴风雨掀翻，被迫漂流到了这里。

当他们听说伊阿宋要到科尔喀斯取金羊毛的时候，大惊失色。因为他们的外祖父是一个非常残忍的人，并且具有非凡的力量。

埃厄忒斯的刁难

当天夜里，英雄们到达目的地——流经科尔喀斯的法西斯河的入海口。伊阿宋站在船舷上，思绪万千，他举起斟满美酒的酒杯，洒向河里，以祭奠一路保护他们脱险的神明和死在途中的同伴。

船靠岸后，英雄们只睡了一小会儿，就开始讨论具体方案。伊阿宋决定，先由自己带着两个随从和佛里索科斯的四个儿子到埃厄忒斯王宫里去，客客气气地请求他将金羊毛赠予自己，然后根据国王的答复来决定下一步该怎么做。

科尔喀斯人口众多。为了保护阿耳戈的英雄们，赫拉降下浓雾来掩人耳目。英雄们平安入宫后，浓雾才得以消散。因为佛里索科斯的儿子们的缘故，伊阿宋和他的伙伴们得到了热情的招待。

席间，埃厄忒斯从他的外孙们的口中得知了伊阿宋等人此行的目的，立刻勃然大怒，毫不客气地辱骂了伊阿宋他们。同伴忒拉蒙见此情形，刚准备反击，伊阿宋就制止了他，并温和地对埃厄忒斯说："请不要这么生气！我们也是逼不得已才来向您求取金羊毛的。如果您把金羊毛赐予我们，全希腊的人都会赞扬您的慷慨大度。如果您需要，我们阿耳戈船上的所有英雄，都可以为您效犬马之劳。"

狡猾的埃厄忒斯陷入了犹豫，他不清楚眼前这个年轻人的实力，但又不想这么轻而易举地将金羊毛交给他。于是提出，只要他能够完成自己平时做的一项危险的工作，他就愿意将金羊毛无偿送给他。

美狄亚的爱情

初入王宫时，伊阿宋那英俊的相貌就引起了埃厄忒斯的小女儿美狄亚的注意。伊阿宋离开王宫后，她辗转反侧，很快做了一个短短的噩梦，梦见伊阿宋与神牛对决，于是大叫着醒了过来。这时，她的姐姐卡尔喀俄珀——佛里克索斯的妻子刚好过来找她，希望她能帮助自己的儿子们。美狄亚听了姐姐的话正中下怀，这样一来，她就可以以帮助姐姐的理由来帮助伊阿宋。卡尔喀俄珀得到了妹妹的许诺，立刻回复了自己的儿子阿尔戈斯。

其实，从王宫回来的路上，伊阿宋也一直闷闷不乐，因为国王的要求很明显十分难办。不过，阿尔戈斯向他推荐了美狄亚，说她有一种神奇的魔药，可以帮助伊阿宋取得胜利，自己这就去想办法找她帮忙。伊阿宋同意了。

阿尔戈斯向大家表达了向美狄亚求救的打算，结果其他人都嘟嘟囔囔地表示不愿意，毕竟，放着一船的好汉不用，反倒靠一个女人来获得胜利，实在太丢人了。

正在这时，天上出现一个异兆，一只被猛禽追赶的鸽子掉到了伊阿宋的怀里，而那只猛禽则直接掉到了船的甲板上。大家终于想起，年老的预言家菲纽斯曾经说过，女神阿佛洛狄忒将帮助他们成功返航。于是，伊阿宋下定决心去求美狄亚帮忙。

不久，美狄亚设法甩开侍女，独自一人与伊阿宋相会于赫卡忒神庙。

这一对男女四目相对，很久都没有说话。美狄亚看着伊阿宋英俊的面庞，紧张得心脏简直要从嗓子眼里跳出来；伊阿宋则十分羞涩地看着美狄亚，静静欣赏这美丽的姑娘的容貌。最终，还是伊阿宋打破了沉默。他简要地陈述了自己的请求，希望得到美狄亚的帮助。

美狄亚将一瓶膏状的药物递到伊阿宋的手里，说："听着，渴望成功的年轻人，我告诉你怎样达到我父亲的要求。当你从我父亲那里拿到可怕的龙牙后，需要独自一人到河中沐浴，然后穿上黑袍，在附近挖一个圆形的坑，在坑里完成向赫卡忒女神的献祭，之后头也不回地往前走去。第二天，用我给你的药膏涂抹全身和武器，它能使你变得力大无穷，让你的武器变得无比神奇。等你按照我父亲的要求驾驶神牛犁了地，撒下的龙牙种子长出武士之后，你就往他们中间抛一块巨石。这时，那一伙土里长出来的家伙就会像疯狗一样争夺那块石头。你就趁这个机会冲到他们中间，把他们都砍死，然后拿走金羊毛……"

她语重心长，生怕心爱的人有所闪失。想到明天他即将参加战斗，此去不知何时再见，就忍不住抓住了他的手："答应我，回家以后，不管到了哪里，都不要忘了我……"

因为担心和害怕，晶莹的泪水从她美丽的睫毛上面一颗颗滑落。伊阿宋的心中也荡漾着柔情："善良的姑娘啊！我永远不会忘记你。如果你不嫌弃的话，我愿意带着你回到我的故乡去。在那里，你将得到男人和女人们的崇拜。我爱你，除了死神，谁也休想让我们分离……"

伊阿宋取得金羊毛

在美狄亚的帮助下，伊阿宋充满了信心。第二天一大早，他就派人到埃厄忒斯那里去取龙牙种子。这正是当年卡德摩斯在忒拜城杀死的那条恶龙的牙齿。

这天夜里，伊阿宋按照美狄亚的吩咐沐浴，然后身穿黑袍祭祀赫卡忒女神。做完这一切后，高加索山上已经朝霞辉映。

接下来，伊阿宋又用美狄亚给他的膏药涂抹了全身和武器，立刻感觉全身充满了力量。英雄们一起划着船把他送到阿瑞斯的田野，他手持矛和盾跳到地上，立刻收到一副金光闪闪的头盔。国王埃厄忒斯则早已全副披挂，等着看他的笑话。

伊阿宋在田野上把农具套好，然后开始手持盾牌往前走。这时，地下的两只神牛突然咆哮着浑身冒火地朝他冲来，他却一次次灵巧地躲过冲击。不一会儿，伊阿宋伸出他那孔武有力的双手，抓住神牛的犄角并把它们拖到了一副铁轭前，制服了两只神牛。然后用长矛鞭打神牛，让它们拖着犁向前走。随着铁犁在田野上划开一道道的犁沟，伊阿宋赶紧将龙牙撒在地上，待地上长出一个个全副武装的武士后，又赶紧朝他们扔了一块巨石。那些武士因为巨石的袭击而互相残杀起来，在他们酣战的时候，伊阿宋立刻提着长矛跳了进去。他将这些武士杀得落花流水。

埃厄忒斯看见伊阿宋如此英勇，十分沮丧，怒气冲冲地回宫后，连夜召开会议，商讨怎样对付这帮外乡人。

美狄亚预想自己帮助伊阿宋的事情无论如何都瞒不过父亲，于是决定赶紧逃跑。她趁着月色光脚跑出宫外，来到岸边，大声呼叫她姐姐的小儿子佛戎提斯的名字。伊阿宋听出了她的声音，赶忙把她接进船里。

　　"救救我吧！我实在无路可退了。父亲已经知道了我帮助你们的事，我们必须逃走。不过，在逃走之前，我要帮你把金羊毛拿到手。"美狄亚气喘吁吁地说。

　　伊阿宋细心地安慰了受惊的美人，并且答应回去后娶她为妻。美狄亚随即吩咐伊阿宋立刻划船到阿瑞斯的圣林附近去。

　　战神阿瑞斯的圣林里，不眠的毒龙听见了他们的动静，老远就发出可怕的嘶吼声，然后拖着庞大的身躯向它的敌人爬过来。美狄亚勇敢上前，祈祷众神的帮助，然后用美妙的歌声让毒龙昏昏欲睡，接着又念动咒语，将一种神奇的药膏涂在毒龙的眼睛上，毒龙终于合上了它的血盆大口，陷入沉睡。

　　伊阿宋按照美狄亚的吩咐从阿瑞斯的圣林上取下了金羊毛。看着这金光闪耀的金羊毛，众英雄都目瞪口呆。为了不让埃厄忒斯发现，他们立刻准备返航。

背叛父兄的美狄亚

　　很快，埃厄忒斯知道了美狄亚的背叛和逃跑，他十分震怒，立刻下令科尔喀斯人动身追击。

　　当阿耳戈船的英雄们到达伊斯特洛斯的入海口的时候，科尔喀斯人早已埋伏就绪。由于对方在人数上占据优势，希腊人只好提出谈判。科尔喀斯人提出，只要希腊人将国王的女儿美狄亚交出来，他们就可以带走之前答应过给他们的金羊毛。

美狄亚听到这个条件，立刻忧心如焚。她哭着对伊阿宋说："你就决定这样处置我？难道你忘记了曾经对我的誓言吗？我也真是个被爱情冲昏头脑的女孩子，竟然背叛自己的父亲去帮助毫不相干的陌生人……"

看着痛苦万分的美狄亚，伊阿宋十分不忍，他安慰美狄亚，他之前对美狄亚说的一切都是真的，誓言也还算数。刚才之所以答应科尔喀斯人，不过都是权宜之计。

知道伊阿宋没有变心，美狄亚狂躁的心渐渐平静下来。她明白自己已经毫无退路，于是给伊阿宋又献一计。

伊阿宋按照美狄亚的吩咐，将前来追赶的美狄亚的兄长阿普绪耳托斯引到一个荒僻的小岛上，然后趁着他同姐姐谈判的时候，杀了他。美狄亚立刻将头扭向一边，不忍直视。可复仇女神却瞪大双眼亲眼看见了这一切。

解决了群龙无首的科尔喀斯人，阿耳戈船的英雄们又可以继续航行了。

寻求女巫的保护

趁着剩下的科尔喀斯人还没有反应过来，英雄们已经急匆匆地走了。一开始科尔喀斯人还想追击，但赫拉却通过天上的闪电警告他们不要继续，他们无法前行又不敢回去，就留在阿尔忒弥斯岛上定居了。

不久，船上的预言牌告诉阿耳戈的英雄们，在他们找到女巫喀耳刻为他们洗清手上的血腥之前，他们将无法摆脱宙斯的愤怒。英雄们听了，都大惊失色。

经过千辛万苦，英雄们来到女巫喀耳刻居住的港口，当时她正站在海浪里洗头，成群的猛兽跟在她身后。看到她，英雄们不禁心生一种莫名的恐惧。她正是残暴的埃厄忒斯的妹妹。

伊阿宋亲自带着美狄亚去请求喀耳刻的保护，喀耳刻用一只乳狗献祭给宙斯，然后请求允许她为他们赎罪。最后焚烧了圣饼，请复仇女神息怒。

做完这一切后，喀耳刻严厉地斥责了美狄亚，表示不会继续为他们提供帮助，然后要求他们赶紧离开。

美狄亚成婚

从喀耳刻那里离开后，英雄们来到一个鲜花盛开的小岛，这里是女妖塞壬居住的地方。这位女妖专门通过她那动听的歌声来吸引过往的船只上的船员，凡是听了她歌声的人都会忍不住丢魂落魄，最后触礁而亡。现在她正对着阿耳戈的英雄们展示她那天籁之声，英雄们听得如痴如醉。这时，船上的俄耳甫斯突然从座位上站了起来，弹奏起他心爱的七弦琴……俄耳甫斯的琴声压倒了女妖的歌声，英雄们瞬间清醒，安然无恙地离开了这个地方。

不久，英雄们来到淮阿喀亚人的国土，受到国王阿尔卡诺俄斯的热情招待。当他们准备休息一下时，科尔喀斯人的舰队突然出现在海滨。他们威胁，如果不把国王的小女儿美狄亚交出来，国王埃厄忒斯将亲自率军前来。阿耳戈英雄们正准备出去应战，国王阿尔卡诺俄斯制止了他们，因为他不忍看见双方兵戎相见；美狄亚则苦苦哀求王后阿瑞忒可怜她，并请求英雄们不要把她交给科尔喀斯人。

最后，国王对善良的王后阿瑞忒说："如果她已经成为这位英雄的妻子，那她就属于她的丈夫而不再属于她的父亲了。"

阿瑞忒听了国王的话，当晚立刻为美狄亚和伊阿宋证婚。在一个神圣的岩洞里，俄耳甫斯奏起美妙的音乐，美狄亚成为伊阿宋的合法妻子。

第二天早上，伊阿宋宣布，美狄亚已经是他的妻子，并发誓永不反悔。国王听了伊阿宋的话便当众宣布，他不会把美狄亚交给科尔喀斯人。科尔喀斯人只有两种选择，要么当作客人留下来，要么离去。这些人选择了前者。

英雄们继续前行，途经克里特岛时，遇到一个可怕的青铜巨人，美狄亚用咒语使它入睡，英雄们才得以顺利通过。后来，他们再也没有遇到什么危险。

阿耳戈号载着他们回到故乡后，伊阿宋把它献给了海神波塞冬。破碎后的阿耳戈号被波塞冬安在了天上，成为一颗闪烁的星星。

复仇女神美狄亚

尽管伊阿宋和美狄亚经历千辛万苦回到了故乡，他也没有当上伊俄尔科斯的国王，因为他的叔父珀利阿斯并不承认自己的诺言。后来美狄亚设计为自己的丈夫报了仇，害死了珀利阿斯。但是他们一起被珀利阿斯的儿子赶出了当地，流亡到科林斯。

在科林斯，两人一起生活了十年，美狄亚为伊阿宋生下了三个孩子，日子过得非常和美。

可是随着时间的推移，伊阿宋却对妻子生出了二心。他不满自己的王位被他人篡夺，并且将自己失败的原因都归咎于美狄亚的狠辣。

这时，美狄亚美貌不再，伊阿宋又爱上了科林斯国王克瑞翁的女儿格劳刻，他瞒着美狄亚向她求婚，直到婚期确定时才告诉了美狄亚。

美狄亚对伊阿宋的刻意隐瞒非常愤怒，她呼吁上天为他们的海誓山盟做证。伊阿宋对此毫不理会，他铁了心要攀上这门亲事。痛苦的美狄亚只好一个人在屋子绝望地踱来踱去。

正在这时，她遇到了科林斯的国王克瑞翁。国王命令她立刻带着孩子离开科林斯。美狄亚苦苦哀求，并表示自己不会阻拦这门婚事。但克瑞翁仍然不太放心，他对可怜的美狄亚说："走吧！不要让我为难！"

在这种情况下，美狄亚只好退而求其次，请国王同意让她暂缓一天离境。国王答应了。

得到国王的恩准后，美狄亚狂躁的内心并没有得到丝毫平静。熊熊怒火在她的内心早已成燎原之势，差一点儿把她烧成灰烬。这时，她的心中酝酿起了一个非常狠毒的复仇计划。

为了验证自己还能否挽回丈夫的心，她再一次请求伊阿宋放弃和新人的婚姻。但这时的伊阿宋已经心如铁石，根本不在意曾经的海誓山盟。他答应给她很多的财富作为补偿，并且写信让朋友收容她们母子。

此刻的伊阿宋只是沉浸在即将迎娶美丽新娘的欣喜中，完全忘记了自己的妻子是怎样的一个人。

第二天，美狄亚甚至让侍女从她的储藏室里取出一件颜色灿烂的袍子、一个美丽的王冠——让伊阿宋把这几样东西当作贺礼送给新娘。

伊阿宋以为美狄亚终于想通了，心里非常高兴。他答应会将她的美意转达给公主，并承诺给美狄亚和孩子们最好的照顾。

当伊阿宋带着美狄亚的两个儿子进入新娘的屋子里时，公主格劳刻感到非常厌恶，别过头去，用面纱遮住了眼睛。这时，伊阿宋将美狄亚送给她的礼物在她面前摊开，并表示美狄亚不会和她作对，请求她接受她和她的孩子。新娘转过头来，立刻就被那件美丽袍子的耀眼色彩所吸引，当即表示同意像伊阿宋说的那样去做。

等到伊阿宋和儿子们离开屋子之后，公主急不可待地抓起美狄亚的赠品，披上那件华丽的袍子，戴上美狄亚赠她的金冠，在明亮的镜子前面欣赏自己的美貌。

突然，她开始脸色苍白，四肢颤抖，跌跌撞撞地往回走。还没等她走到座位上，她就跌倒在地，因为美狄亚赠她的袍子上浸透了毒液，毒液侵蚀着她的皮肤。不一会儿，头上的金冠突然冒出火来，熊熊大火吞噬着她细嫩的皮肤。她拼命想要脱掉身上的袍子，可那袍子就像长在她身上一样。

这时，国王克瑞翁听到了公主的惨叫，看到了被烧得不成人形的公主，立刻扑上前去，准备帮她灭火。一瞬间，他自己也被毒液沾染全身，身体和女儿格劳刻紧紧粘在了一起，当他试图移动时，却一动也不能动。

就这样，国王克瑞翁和公主死在了一起。

当伊阿宋听到国王和公主的死讯时，他气冲冲地跑来，准备指责美狄亚。

伊阿宋心如刀割，他悲痛地抬起头，正准备指责美狄亚，却看到美狄亚施展法术，乘着她祖父赫利俄斯送给她的太阳飞车，准备从空中逃走。

"你这恶毒的妇人！"

"我恶毒？当你背叛誓言的那一刻，就应该想到上天的惩罚。我要到赫拉的庙地为自己赎罪。而你，这薄情寡义的伪君子，就在悔恨中度过剩下的日子吧！"

说完，她驾驶太阳飞车，消失在遥远的天边。

忒休斯的传说

忒休斯的出身

忒休斯是雅典国王埃勾斯的儿子。早年，埃勾斯非常害怕自己没有儿子，因为他的兄弟珀拉斯有十个儿子，而且个个对他心怀敌意。他把这种担忧告诉了自己的朋友——特洛曾国王庇透斯。这时，庇透斯告诉他，他曾经得到一个神谕——他的女儿会缔结一个很不光彩的婚姻，但会生出一个享有盛誉的儿子。于是已有家室的埃勾斯便娶了庇透斯的女儿埃特拉。婚后不久，埃勾斯就返回雅典了。

临行前，埃勾斯将自己的宝剑和鞋子藏在一块巨石下面，并且告诉新婚的妻子，如果她能生下儿子，一定要将他秘密抚养长大，等到他们的儿子有足够的力气搬开这块巨石的时候，就让他取出藏在下面的宝剑和鞋子，然后带着这些去雅典找他。

丈夫走后，埃特拉果然生了一个儿子，并为他取名忒休斯。忒休斯在母亲埃特拉和祖父庇透斯的照顾下长大。她的母亲按照丈夫的吩咐，对外说忒休斯是波塞冬的儿子。

忒休斯七岁的时候，宙斯之子赫拉克勒斯来拜访庇透斯国王，受到热情招待。就餐时，赫拉克勒斯顺手将披在肩上的狮子皮放在一边，在场的小孩子看见了，都以为是真的狮子，吓得赶紧逃得远远的。只有忒休斯不一样，他从仆人手里要过一把斧子，勇敢地朝狮子奔去。大人们见此情景，忍不住哄堂大笑起来。这时，忒休斯才发现搞错了。不过，听到赫拉克勒斯的英雄事迹后，他打心眼里喜欢上了这个英雄。两人成了好朋友。

忒休斯十六岁的时候，他的母亲将他叫到身旁告诉了他的真实身世，然后带他到了海边那块巨石旁。忒休斯立刻动手去挪动巨石，没多久就将它挪开了。就这样，他带着父亲的宝剑和鞋子走上了寻父的历程。

忒休斯的冒险之旅

忒休斯的祖父和母亲认为，去往雅典的路上困难重重，时不时会有盗贼出没，因此建议忒休斯从海上去往雅典。但生性爱冒险的忒休斯拒绝了这个建议，坚持从陆路前往雅典。

在路上，他先是遇到了外号"棒子手"的拦路大盗珀里斐忒斯，此人的武器是一根铁棍。当他从幽暗的树林里冲出来的时候，忒休斯毫不畏惧，不一会儿就将强盗杀死，并且带走了他的武器。

接着，他在科林斯遇到了外号"扳松贼"的恶棍辛尼斯。每次捉到路人，他都会扳弯两棵树的树枝，然后把路人绑在树枝上，让树枝绷回去把人弹死。忒休斯用铁棍制服了这个恶棍。

到了临近大海的墨伽拉附近，忒休斯遇到了臭名昭著的劫匪斯喀戎。这人喜欢让过路的客人帮他洗脚，然后趁着路人不注意的时候，一脚把他踹到海里去。忒休斯悄悄爬到他的身后，趁他不注意，一脚把他踢进了大海。忒休斯用智慧和勇气战胜了他。

随着忒休斯的一路前行，雅典城周边的强盗都被他消灭得干干净净。大家出行再也不用担惊受怕了。

忒休斯与美狄亚

忒休斯到达雅典城内，却发现城内一片混乱，因为整个城市落入了女巫美狄亚的掌握之中。

这个狠辣的女人自从和伊阿宋分手后，就来到了雅典城内，和忒休斯的父亲埃勾斯生活在一起。因为美狄亚骗埃勾斯说可以用一种魔药让他返老还童，渴望年轻的国王相信了她。

当忒休斯来到雅典城内后，美狄亚已经通过她的魔力得知了这个消息。为了防止忒休斯对自己不利，美狄亚欺骗埃勾斯说这个青年是敌国派来刺探消息的奸细，建议埃勾斯趁着宴请忒休斯的机会，下毒害死他。

忒休斯到来后，一开始并没有亮出自己的身份，他想给父亲一个惊喜，让父亲亲自认出自己来。宴会上，毒酒已经摆在他的面前，美狄亚焦急地等待他喝下。忒休斯确实也很想喝酒，但却更渴望得到父亲的拥抱，于是他装作要切割盘中的肉，将父亲的宝剑抽了出来。这时，埃勾斯认出了自己的宝剑，一把将斟满毒酒的杯子打翻，拥抱了自己的儿子。埃勾斯立刻将忒休斯介绍给自己的臣民，大家立刻接受了这个漂亮勇敢的小伙子。而那个心狠手辣的女巫美狄亚则被逐出了雅典。

忒休斯和弥诺斯

早前，弥诺斯的儿子在阿提克的山里被杀，雅典人为了平息事态，不得不每隔九年往克里特岛送去七对童男童女作为进贡。这些童男童女被送去后，就被弥诺斯扔进代达罗斯为怪物弥诺陶洛斯建造的迷宫里吃掉。

眼看第三次进贡的时间临近，民众开始惊慌起来，国内对埃勾斯的不满又开始抬头。为了替父亲分忧，忒休斯主动请缨，愿意作为贡品去往克里特岛。埃勾斯大为惊恐，坚决不同意。但忒休斯向父亲保证，他和那些抓阄决定前去的童男童女非但不会被杀，而且会制服怪物弥诺陶洛斯。为了表示悲哀，国王埃勾斯为这次出航准备了黑色的船帆。不过，他还准备了一张白色的船帆，表示如果他们能活着回来，就在返航时换上白色的船帆。

忒休斯在克里特岛登陆，出现在国王弥诺斯的面前时，立刻吸引了美丽的公主阿里阿德涅的注意。公主趁人不注意，给了忒休斯一个纸团，教给了他走出迷宫的办法，并且给了他一把可以杀死怪物的魔剑。

忒休斯和他的同伴被送入了迷宫。在迷宫的入口处，他用公主给他的魔剑杀死了怪物弥诺陶洛斯，然后按照公主教给他的方法带领同伴和公主一起逃走了。临走前，他凿穿了克里特人的船底，让他们无法追上自己。

到了狄亚岛，忒休斯和公主以为自己彻底安全了，于是就开始休息。睡梦中，酒神狄俄尼索斯告诉忒休斯，他不能带走公主，命运女神已经选定酒神作为她的丈夫。如果忒休斯不从的话，就会遭遇厄运。忒休斯醒来后，非常害怕，就把这位熟睡中的公主留在了孤岛上。后来，酒神大张旗鼓地来到岛上，拐走了绝望中的公主。

得知公主被劫，忒休斯非常悲伤，以至于忘记了换下表示哀痛的黑色船帆，挂上表示胜利的白帆。在海边眺望的埃勾斯远远地看见黑帆，认为他的儿子死了，于是转身跳入波涛汹涌的大海里。

和亚马逊人的战争

埃勾斯死后，忒休斯登上雅典王位。他不仅善于战争，而且擅长执政。在他的治理下，雅典城变得越来越繁荣。

忒休斯在征战中路过亚马逊人的海岸，拐走了骁勇善战的亚马逊人的女王希波吕忒为妻。希波吕忒也非常乐于成为这样一个英雄的妻子。

但是亚马逊人对于这种肆无忌惮的挑衅非常恼怒，一直试图报复。一天，她们趁着雅典城市疏于防备，包围了整座城市。起初，双方都不敢战斗。后来，忒休斯从城市冲下来开始战斗。希波吕忒也随丈夫加入了战斗。不料，正在这时，一支投枪突然刺中了忒休斯身后的王后，她立刻倒地而死。为了纪念她，雅典城中立起了一根纪念石柱。后来，双方达成协议，亚马逊人离开了雅典。

忒休斯妻子淮德拉

早前，忒休斯拐走了克里特国王弥诺斯的女儿阿里阿德涅，她的小妹妹淮德拉也自愿跟从。后来，阿里阿德涅被酒神拐走，淮德拉不敢回去见她的父亲，只好跟随忒休斯来到雅典。直到她的父亲去世后，她才回到自己的故乡。

希波吕忒死后，忒休斯很长一段时间都没有再娶。当他听说了淮德拉的美名后，就向新任的克里特国王求娶淮德拉为妻。新的国王对这个英雄并不敌视，不久就将淮德拉嫁给了他。

淮德拉为忒休斯生了两个儿子，但随着英雄的逐渐衰老，她开始喜欢上了忒休斯的儿子——希波吕忒之子希波吕托斯。他英俊的面庞和纯洁的灵魂让她怦然心动，于是就派她的老奶妈去转达自己对这个年轻人的爱意。

由于忒休斯这时不在国内，老奶妈就鼓动希波吕托斯推翻他的父亲，和王后淮德拉一起分享王权。希波吕托斯是一个非常正直的青年，听了这些话，不但拒绝了老奶妈的建议，而且非常生气，他一刻也不愿意和这个恶毒的后母住在同一个屋檐下，于是就到森林里狩猎去了。

由于害怕阴谋败露，淮德拉想出了一个恶毒的计策。她故意上吊自杀，而且在双手中紧紧攥着一封写给她的丈夫忒休斯的信，信中说希波吕托斯想要侮辱她的名节，她只好自杀来逃避他的纠缠。

忒休斯回来后，看到了这封信，又惊又怒。他举起双手向波塞冬祈祷，希望上天可以惩罚自己可恶的儿子，不要让他活过今天。他刚说出这句话，希波吕托斯就走进宫来，陈述自己的清白。可忒休斯根本不听他的辩白，只是把继母的信交给他看，二话不说就要把他逐出国境。

当晚，使者告诉忒休斯，他的儿子希波吕托斯快要离开人世了。忒休斯听到这个消息，问使者他怎么了。

"是您亲口发出的诅咒害了他！"使者回答。

当希波吕托斯被放逐后，到达海边，突然从海里跑出一个牛头的怪物，让他的马受了惊，疯了似的往前跑，撞到了巉岩上，把车轮都撞得粉碎，可怜的希波吕托斯就这样摔了出去。

"对于他的事，我既不高兴，也不感到悲哀。这是他罪有应得。"忒休斯听到这一切后，仍然呆呆地望着地面，"不过，如果我能见到他活着，我要好好问问他，跟他谈谈他错在哪里。"

"王子是无辜的！"这时，淮德拉的奶妈受到良心的谴责，披散着灰白的头发哭着跪到了忒休斯脚下，讲述了事情的来龙去脉。

不久，他的儿子希波吕托斯就被哀号的仆人用担架抬进宫来。忒休斯万分懊悔地扑在将死的儿子身上。

得知自己的事情真相大白后，希波吕托斯说："可怜的、遭人欺骗的父亲呀！我并不怨你！"说完，就咽下了最后一口气。

忒休斯抢妻

很久以前，忒休斯曾经和英雄庇里托俄斯建立了深厚的友谊。二人共同击败了在庇里托俄斯婚宴上闹事的马人。但是后来，两人都失去了自己的妻子。于是惺惺相惜的二人决定一起出发，再次为自己找到一个美貌的妻子。

当时，斯巴达公主海伦的美貌举世闻名。忒休斯和庇里托俄斯远征斯巴达，恰好看到海伦在阿尔忒弥斯的神庙里跳舞。二人都对她一见钟情，就把她从神庙里带走了。回来后，两人抽签决定谁来占有她，最终忒休斯赢得了海伦。于是两人决定再为庇里托俄斯找一个妻子来。

他们看上了冥王哈得斯的妻子珀耳塞福涅。但是这次他们失败了，并且被冥王哈得斯用魔力锁在了一块岩石上。后来，赫拉克勒斯去地府完成任务，把忒休斯救了出来，但庇里托俄斯却不得不永远待在那里。

在忒休斯被关在地府的期间，海伦的两个哥哥率领大军来到阿提克，救走了他们的妹妹。

忒休斯的结局

忒休斯在地府期间，雅典政局非常不稳，珀透斯的儿子墨涅斯透斯趁机煽动雅典人们反对忒休斯。这种情形到了忒休斯回来后，也未得到改善。忒休斯从地府回来后，对自己抢劫海伦和珀耳塞福涅的行为感到非常羞耻，并且进行了深刻反省。因此，当他得知海伦被她的两个哥哥救走后，非但没有生气，反而非常高兴。他只是对国内的骚乱和动荡感觉非常不安，人民起义一起接着一起，武力镇压也无济于事。因此，忒休斯决定离开他忘恩负义的人民和这个已经不需要他的国家，到斯库罗斯岛上去，那里有他父亲留给他的财产。

岛上的统治者吕克莫德斯并不欢迎他的到来，正想方设法除掉他。于是就骗忒休斯登上高山去看他父亲留给他的良田，趁此机会，这个卑鄙的家伙从背后推了他一把，忒休斯当即摔下山崖。

忒休斯死后，人民早已忘记了他。人们欢欢喜喜地拥护了那个篡夺政权的墨涅斯透斯统治雅典，仿佛什么都没有发生过。

几百年后，忒休斯的灵魂从坟墓里钻出来，引领他的臣民的后代们在抗击波斯人的战役中取得了胜利。人们这才想起这位伟大的英雄的功绩，于是按照神谕找到了忒休斯的骸骨，并风风光光地将其运回雅典安葬。

就这样，这位伟大的英雄终于回到了家乡的怀抱，重新赢得了人们的敬重。

忒休斯在面对各种困难和危险时展现了非凡的勇气和无畏的精神；在解决问题和应对挑战时展现了出色的智慧和策略；在实现自己的目标时展现了坚定的决心和毅力。

俄狄浦斯的传说

俄狄浦斯的出生

早年，忒拜国王拉伊俄斯与贵族墨涅扣斯的女儿伊俄卡斯忒结合，过得非常幸福，但两人很久都没有儿子，于是就去请求阿波罗的神谕。神谕告诉他会有一个儿子，但他会被自己的儿子杀死。由于害怕神谕，拉伊俄斯从此刻意与妻子分居。然而两人彼此相爱，伊俄卡斯忒最终还是怀了孕。

孩子降生后，拉伊俄斯为了逃避神谕，派人将其扔到喀泰戎的荒山里去。执行命令的仆人对这个无辜的婴儿心生怜悯，于是把孩子交给了自己的朋友牧羊人，请求他将这个孩子抚养长大。

接收孩子的牧羊人是科林斯国王波吕波斯的臣民，他接过这个可怜的婴儿，发现他的脚上有伤，于是就为这个孩子取名为俄狄浦斯，意思是"肿胀的脚"。由于国王波吕波斯没有子女，牧羊人就把俄狄浦斯送给了他的主人波吕波斯国王。国王夫妇都很同情这个弃儿，将他当作亲生儿子看待。俄狄浦斯在科林斯过着幸福的生活。

俄狄浦斯杀父

不久，由于一个科林斯人嫉妒俄狄浦斯，当众说他不是国王的亲生儿子，俄狄浦斯非常恼怒，马上去找自己的养父母，请求他们告诉他自己的身世。但波吕波斯和王后都对这种恶意的挑拨非常厌恶，否认了儿子的怀疑。尽管如此，俄狄浦斯的心中仍然不能得到平静。

有一天，他悄悄离开王宫，去祈求阿波罗的神谕，希望阿波罗告诉自己那个科林斯人的话不是真的。但阿波罗对此嗤之以鼻，不屑于回答，并且向他揭示了一个更为可怕的预言："你将杀死你的亲生父亲。"

俄狄浦斯听了十分害怕，他的心告诉自己，波吕波斯国王夫妇一定是自己的亲生父母，于是不敢回家，生怕自己做出那丑恶的行径。

离开阿波罗的神坛，俄狄浦斯准备前往波俄提亚。在路上，他与一伙蛮不讲理的人发生了冲突。赶车的人试图将他挤出路边，俄狄浦斯就顺手给了这个蛮横的人一拳。车上的老人见状，举起手边的棍子照着俄狄浦斯打来。俄狄浦斯被激怒了，立刻还手打了回去，结果老人从车上滚了下去。一场恶斗后，俄狄浦斯继续赶路。他做梦也没有想到，这个被打死的老人正是拉伊俄斯。

俄狄浦斯娶母

俄狄浦斯杀死拉伊俄斯不久，王后伊俄卡斯忒的兄弟克瑞翁暂时执掌了政权。

这时，忒拜城附近出现了一个人头狮身的怪物——斯芬克斯，她是堤丰和厄喀德那的女儿。斯芬克斯这个怪物整天卧在一个悬崖上，要求过路的居民破解她从缪斯女神那里学来的谜语。如果对方猜不中，她就把对方吃掉。克瑞翁的儿子也成了斯芬克斯的盘中餐。

为了给儿子报仇并且为民除害，克瑞翁国王向全国人民承诺，谁如果能够杀死斯芬克斯，就可以得到国王的位子并且娶他的姐姐伊俄卡斯忒为妻。

正在这时，俄狄浦斯来到了忒拜城。他对这个冒险十分感兴趣，并不在意自己那早已被不祥预言笼罩的生命。他径直奔向悬崖，请斯芬克斯为自己出一个谜语。

"有一种动物，早上四条腿，中午两条腿，晚上三条腿。在这种动物腿最多的时候，正是他力量最弱的时候。"斯芬克斯说出了自己的谜语。

这个谜语一点儿也不难猜。俄狄浦斯一下子就猜了出来："你说的就是人呀！在婴儿时期，人用两手两脚爬行；长大以后，就用两条腿走路；到了老年，人就必须依靠拐杖才能行走，这不就是用三条腿走路吗？"

这个谜语被俄狄浦斯轻而易举地猜中了。斯芬克斯羞愧难当，从悬崖上跳下去摔死了。

作为奖赏，俄狄浦斯得到了忒拜国王的位子，并且娶了前国王的遗孀——他自己的生母伊俄卡斯忒。伊俄卡斯忒为他生了四个孩子，两个男孩——厄忒俄克勒斯和波吕尼克斯，两个女孩——安提戈涅和伊斯墨涅。神谕在他身上应验了。

真相被揭开

俄狄浦斯不失为一个合格的国王，长久以来，他快乐地治理着忒拜，和自己的生母伊俄卡斯忒过着幸福的生活，并未察觉自己已经犯下了可怕的罪孽。最后，诸神在忒拜降下可怕的瘟疫，人民不断在痛苦中死去。忒拜人认为国王是上天的宠儿，于是集合起来坐在神坛周围，请求国王的庇佑。

俄狄浦斯派内弟克瑞翁去请求阿波罗的神谕。

不久，克瑞翁回来告诉他："阿波罗说，由于杀死前国王拉伊俄斯的罪人没有得到惩罚，这桩罪恶压在了这片土地上。只要这个罪人还没被放逐，全城的灾难就不会结束。"

俄狄浦斯向大家保证，一定会追查到这个凶手，让他得到应有的惩罚。他让人给他讲述了前国王遇害的经过，但他听了以后仍然十分茫然。于是他向全国发出通告，凡是知道杀害前国王拉伊俄斯消息的人，都要如实上报，可是依旧一无所获。最后他只好让人去请双目失明的预言家忒瑞西阿斯，请他帮助大家找到这个凶手。

不料，这个可怜的预言家突然发出一声悲叹，说什么也不肯说出这件事情的真相。见此情形，俄狄浦斯更加坚信预言家有意包庇罪犯，于是大骂预言家是这个杀人凶手的帮凶。不料，预言家突然愤愤地说，他自己才是杀害拉伊俄斯的凶手。

俄狄浦斯大骂这位预言家是个阴险的骗子，说自己从来没听过这么混账的鬼话。

尽管如此，他还是对预言家的话产生了怀疑。他向自己的妻子伊俄卡斯忒询问拉伊俄斯被杀的地点和情形。他的妻子大骂预言家的荒谬和神谕的不可理喻。"亲爱的，你看，神谕说我的前夫会死于自己的儿子之手，可事实上他却死于十字路口的一伙强盗之手。而我们唯一的儿子早已在出生后被扔到了荒郊野外。这些预言家就是这么胡说八道！"

听到王后的这番话，俄狄浦斯心里咯噔一下，他震惊无比地询问了前国王拉伊俄斯的样貌和年龄，发现和自己在十字路口杀死的老人一模一样。

后来，俄狄浦斯终于从一个当年在这场纠纷中逃走的仆人那里得知了前国王死亡的经过，并且从接收他的波吕波斯国王的牧羊人口里知道了自己并非科林斯国王亲生儿子的真相。

俄狄浦斯的放逐

一切都水落石出了。

俄狄浦斯在全国人民面前坦诚，自己就是杀害父亲的凶手，请求忒拜人民将他治罪。但人民对于这位曾经帮助过他们的国王并不憎恶，反而充满同情。俄狄浦斯便让自己的内弟克瑞翁当摄政王，辅助他的儿子，同时善待他的女儿。而他唯一的渴望就是尽快死去，以免在世承受这无尽的内心折磨。他请求大家允许把他放逐到喀泰戎山里，那是他的父母早已为他安排好的命运。

可是，当时间一点点过去，他逐渐平静下来的时候，他又感觉身为一个盲人流落野外实在太过可怕，于是就将自己想留在家里的想法告诉了内弟克瑞翁和他的两个儿子。

不料，此刻的克瑞翁和他的两个儿子暴露了他们的自私面目，他们非但不同情俄狄浦斯，还坚持将一个用来行乞的棍子塞到他手里，然后把他赶出王宫。只有两个天真的女儿同情他们的父亲，大女儿安提戈涅甚至主动愿意跟随父亲，为这位可怜的盲人引路。

经过长时间的艰苦流浪，一天黄昏，俄狄浦斯和女儿安提戈涅来到了复仇女神为他准备的栖身之所——科罗诺斯村。这里正是复仇女神的圣林所在地。

俄狄浦斯的结局

在这里，俄狄浦斯感到了从未有过的安详，他想在这里终结自己的流浪之旅。当地的村民听说有一个被神惩罚的人来到了女神的圣林，便聚集到一起请求他离开。

正当俄狄浦斯和安提戈涅在和村民们交流的时候，俄狄浦斯的小女儿伊斯墨涅来这里找他们。

伊斯墨涅对父亲和姐姐说起了忒拜当前的局势。原来，俄狄浦斯的两个儿子一开始准备让位给舅舅克瑞翁，但是随着时间的推移，这种让位的冲动也渐渐消失了。他们都想拥有至高无上的权力和威严。长子波吕尼克斯凭借他拥有的继承权先做了国王，而次子则不满兄长提出的轮流执政的建议，煽动国民叛乱，将他的哥哥赶出了国境。波吕尼克斯逃到了伯罗奔尼撒的阿尔戈斯，做了国王阿德拉斯托斯的女婿，扬言要率大军回忒拜报仇。可是一道神谕告诉他们，俄狄浦斯的儿子们如果没有父亲将会一事无成。因此，不管父亲是死是活，他们都必须寻找父亲。

"他们准备把你带到忒拜地区的边界，这样既可以满足神谕，又不会亵渎忒拜城。"俄狄浦斯的小女儿伊斯墨涅说。

"假如我死在忒拜的边界，他们会把我葬在忒拜城吗？"俄狄浦斯问。

"不会，你的孽债不允许这样做。"伊斯墨涅说。

"那他们永远也别想得到我！"俄狄浦斯勃然大怒，"如果他们认为统治权比自己的父亲还重要，那么他们永远也不配得到安宁！让他们互相残杀吧！只有你们两个女儿才是我真正的后人！"

随后，雅典城的统治者——伟大的忒休斯来了，他听了俄狄浦斯的故事，不仅答应了俄狄浦斯留在这里的请求，而且答应尽自己所能保护他。

不久，俄狄浦斯的内弟克瑞翁和俄狄浦斯的大儿子波吕尼克斯轮番来请求俄狄浦斯回去。但前者态度倨傲，试图将他抢走；后者泪流满面，希望父亲帮他复仇。俄狄浦斯谁也没有答应。

绝望的儿子走后，俄狄浦斯从天边听到了一阵又一阵的雷声，很快明白了天神宙斯的意思，他和两个女儿进行了最后的拥抱，然后在忒休斯的陪伴下，一步一步走进了复仇女神的圣林。

第二部
特洛伊的传说

特洛伊城的由来

　　远古时候，在爱琴海上的一个小岛上住着宙斯的两个儿子，伊阿西翁和他弟弟达耳达诺斯。其中，伊阿西翁仗着自己是宙斯的儿子，企图占有农业女神得墨忒尔为妻，结果被愤怒的宙斯用雷电劈死。他的弟弟达耳达诺斯得知后非常悲痛，于是离开了自己的家园，来到了密西亚海岸。

　　在这里，他娶了国王透克洛斯的女儿为妻，并和妻子在自己的封地上过着幸福的生活。这块封地一开始以它的主人为名，叫作达尔达尼亚。后来又以达耳达诺斯的孙子特洛斯的名字为名，被称为特洛伊。

　　特洛斯去世后，儿子伊洛斯继位。伊洛斯在一次和邻国的竞赛中得到了五十对少男少女、一头色彩斑斓的牛，以及一个古老的神谕的奖励。这个神谕要他在牛躺下的地方建立一座城堡。

　　伊洛斯紧跟着这头牛，看到它在国家的主要聚居地——特洛伊那儿躺了下来，于是决定在这块土地上建立一座城堡。为了得知他的祖先宙斯对这个计划的建议，他请求神谕赐予征兆，结果第二天他在自己的帐篷边上发现了一个从天上掉下来的雅典娜神像，表明这座城堡会得到宙斯的女儿雅典娜的保护。

　　伊洛斯死后，他的儿子拉俄墨冬继位。拉俄墨冬决定

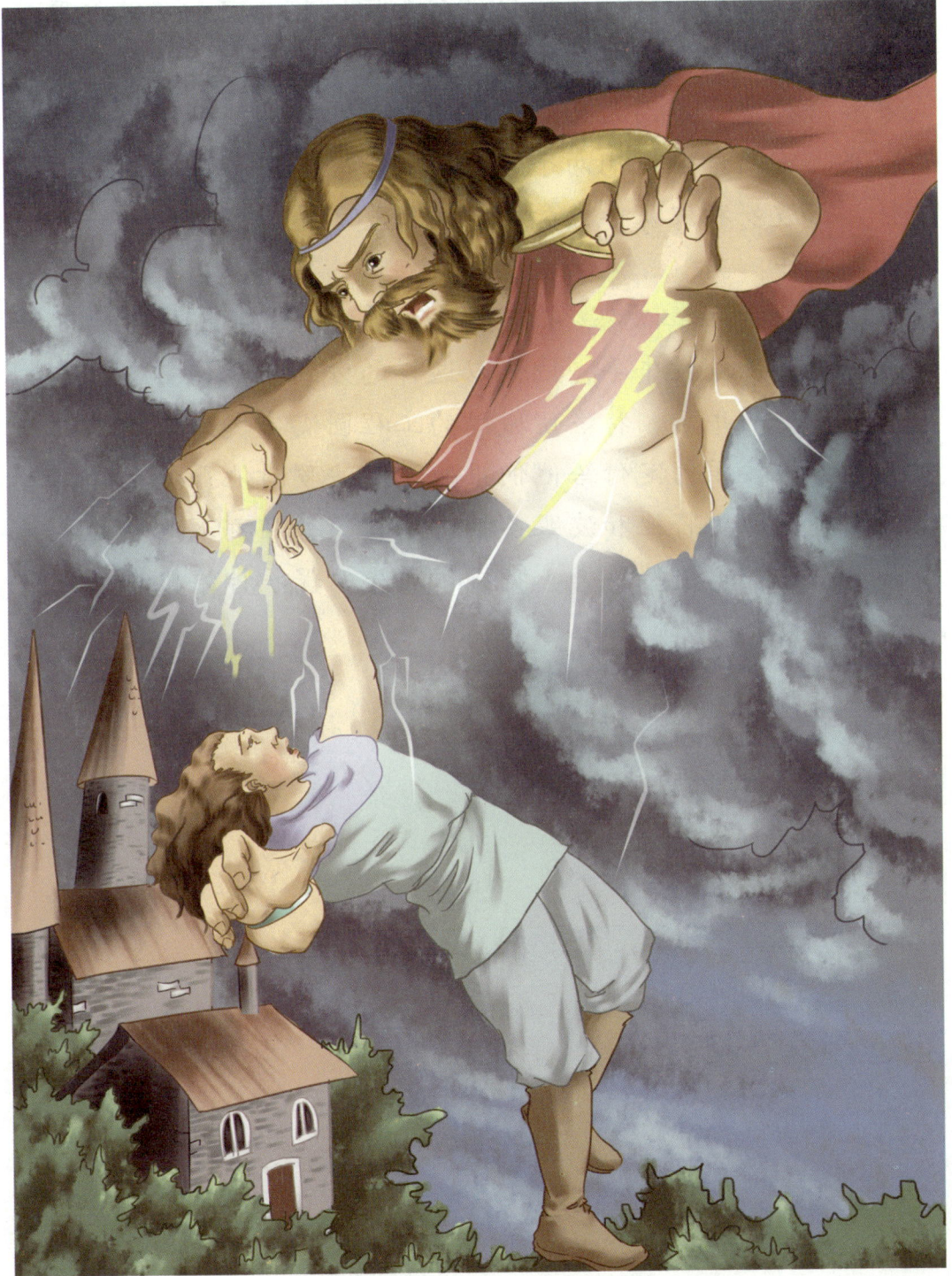

将还不够坚固的特洛伊城堡进行加固，将其围上一道厚厚的城墙，使它变得坚不可摧。正巧这个时候，太阳神阿波罗和海神波塞冬因为反对宙斯而被逐出奥林匹斯山，沦落下界。宙斯命令他们两个通过为拉俄墨冬服务来赎罪。这样，阿波罗和波塞冬就和国王拉俄墨冬达成了协议，正式开始工作。

寒来暑往，波塞冬负责领导国民建造城墙，阿波罗负责为国王放牧牛羊，他俩以这样的方式为拉俄墨冬服务了一年。一年后，特洛伊城墙的工程圆满完成，狡诈的国王却不肯按照约定付给他们报酬。阿波罗对他严加斥责，国王却威胁要将他和波塞冬捆绑示众，并且割下他们的耳朵。两位神祇愤然离去。特洛伊原先的保护神雅典娜也因此弃它而去。

帕里斯和金苹果

拉俄墨冬后来因为得罪赫拉克勒斯而被杀死，他的儿子普里阿摩斯继位。普里阿摩斯娶了弗里几亚国王底马斯的女儿赫卡柏为妻。赫卡柏为他生下的第一个儿子叫赫克托耳，后来成为举世闻名的大英雄。在赫卡柏怀上了第二个孩子的时候，她梦见自己生下了一支熊熊燃烧的火炬，这支火炬将整个特洛伊城烧为灰烬。她醒来后十分担心，于是把这个可怕的梦境告诉了自己的丈夫普里阿摩斯。普里阿摩斯请来预言家分析这个梦的含义，预言家说，赫卡柏生下的第二个儿子将会导致整个特洛伊城的毁灭，因此建议将这个孩子生下来就扔掉。

因为害怕神谕，这个孩子出生后就被扔到了伊得山里。可是，一只母熊却哺育了这个孩子。五天以后，仆人阿第拉俄斯看到这个孩子依旧躺在地上，健康活泼，就把他抱回家去自己抚养，并给他取名帕里斯。

随着时间的推移，帕里斯渐渐长成一个玉树临风的小伙子。他拥有着迷人的外表和健壮的身体，伊得山一带的强盗见了他都望风而逃。

一天，帕里斯正在伊得山上眺望远方的大海和雄伟的特洛伊城。突然，整座山周围的大地震颤个不停，不久，众神的使者赫尔墨斯就手执黄金神杖走了过来。接着，奥林匹斯山上的三位美丽女神也来到他面前。

"不要害怕，女神们只是需要你帮忙做一个裁判。她们选中你来裁定她们之中谁是最美丽的人。众神之父宙斯答应给你保护和帮助！"赫尔墨斯说完，就振起双翼飞了出去。

原来，在海洋女神忒提丝和英雄珀琉斯的婚宴上，奥林匹斯山上的众神都受邀参加，唯独不和女神没有受到邀请。为此，她怀恨在心，在宴席上抛下了一个美丽的金苹果，上面写着"送给最美的女神"。女神中地位最高的三位女神——天后赫拉、智慧女神雅典娜、爱神阿佛洛狄忒为了得到这个金苹果争吵不休，其他女神都不敢发言，最后，众神之父宙斯决定让帕里斯当这个裁判。

赫尔墨斯的话给了这个胆怯的牧羊人足够的勇气。他抬起头，发现眼前的女神个个光彩照人，让人挪不开眼睛。看了半天，他实在无法判定哪一个才是最美，因为她们美得各有千秋，并且各自承诺给他不同的礼物作为回报。赫拉答应给他人世间最崇高的地位和权势，雅典娜答应给他人类中最伟大的智慧和刚毅的品质，阿佛洛狄忒则答应让他娶世界上最美丽的女人为妻。

最后，他终于决定将这个金苹果送给爱神阿佛洛狄忒，因为她的美艳和妩媚让他觉得不能自拔，只要看她一眼，他的整颗心都会狂跳不已。权力和智慧对他而言，都比不上世界上最美丽的女人的诱惑。赫拉和雅典娜怒气冲冲地离开了，并且扬言要让他和他的国家付出毁灭性的代价。

帕里斯受命前往希腊

在帕里斯在三位女神中做出抉择后，继续以一个不知名的牧人的身份在伊得山中生活了一段时间。不久，他在一次全国性的竞技中拔得头筹，赢得了一头漂亮的公牛。国王普里阿摩斯的另一个儿子因自己在竞技中失败而震怒，他大声嚷嚷着要把这个年轻人杀死。可怜的帕里斯只好逃到宙斯的神庙里躲避，在这里，他遇到了普里阿摩斯的女儿——身为预言家的卡珊德拉，卡珊德拉一眼认出了她的兄弟，激动地和他拥抱在一起。

帕里斯认亲成功后，国王交给他一项重要的任务——让他率领一只强大的舰队前往希腊，去把国王的姐姐也就是他的姑姑赫西俄涅带回来。他相信帕里斯是受到神明庇佑的人，这番出行一定能够光荣地凯旋。

临行前，国王普里阿摩斯举办了全民动员大会，声泪俱下地讲述了自己对姐姐赫西俄涅的思念，并将此前他派往希腊接回姐姐的使者所受的屈辱一一陈述。民众受到感染，狂热地呼吁战争。

在国王普里阿摩斯的支持下，帕里斯带着一支强大的舰队出发了。

帕里斯和海伦

特洛伊舰队首先到达库忒拉岛，他们准备从这里出发，到达萨达弥斯后接回赫西俄涅。但是在此之前，帕里斯要在一座供奉阿佛洛狄忒的神庙里献祭。

岛上居民不得不将这件事情向他们的国王和王后通报。此时斯巴达国王墨涅拉俄斯不在国内，国政由王后海伦主持。海伦是众神之父宙斯和勒达的女儿，人世间最美的女人。她在还是女孩时就被忒休斯抢走，后来又被她的哥哥抢了回来。长大后的海伦越发迷人，吸引了一批又一批的求婚者。她的继父斯巴达国王廷达瑞俄罗担心将她嫁给其中一个求婚者会得罪其他的绝大部分求婚者。因此要求所有的求婚者结盟，答应在选择了海伦的丈夫后，其他求婚者共同遵守约定，反对任何一个因此次婚姻而对国王心怀怨恨的人。国王本人则选了墨涅拉俄斯做她的丈夫，并将斯巴达这块土地交给他统治。

在听说帕里斯等人的到来后，寂寞的女王突然产生了一种好奇的冲动：她想亲自去看看这个陌生人和他的舰队是什么样子。在她刚踏入神庙的一刹那，帕里斯刚好完成了他的祭祀。帕里斯一回头，看到了艳光四射的女王，一瞬间，他的心被震撼了——他仿佛看到了爱神阿佛洛狄忒本人。他确信，她就是阿佛洛狄忒许诺给他的礼物。

女王只看了帕里斯一眼，就再也无法忘记他那英俊的

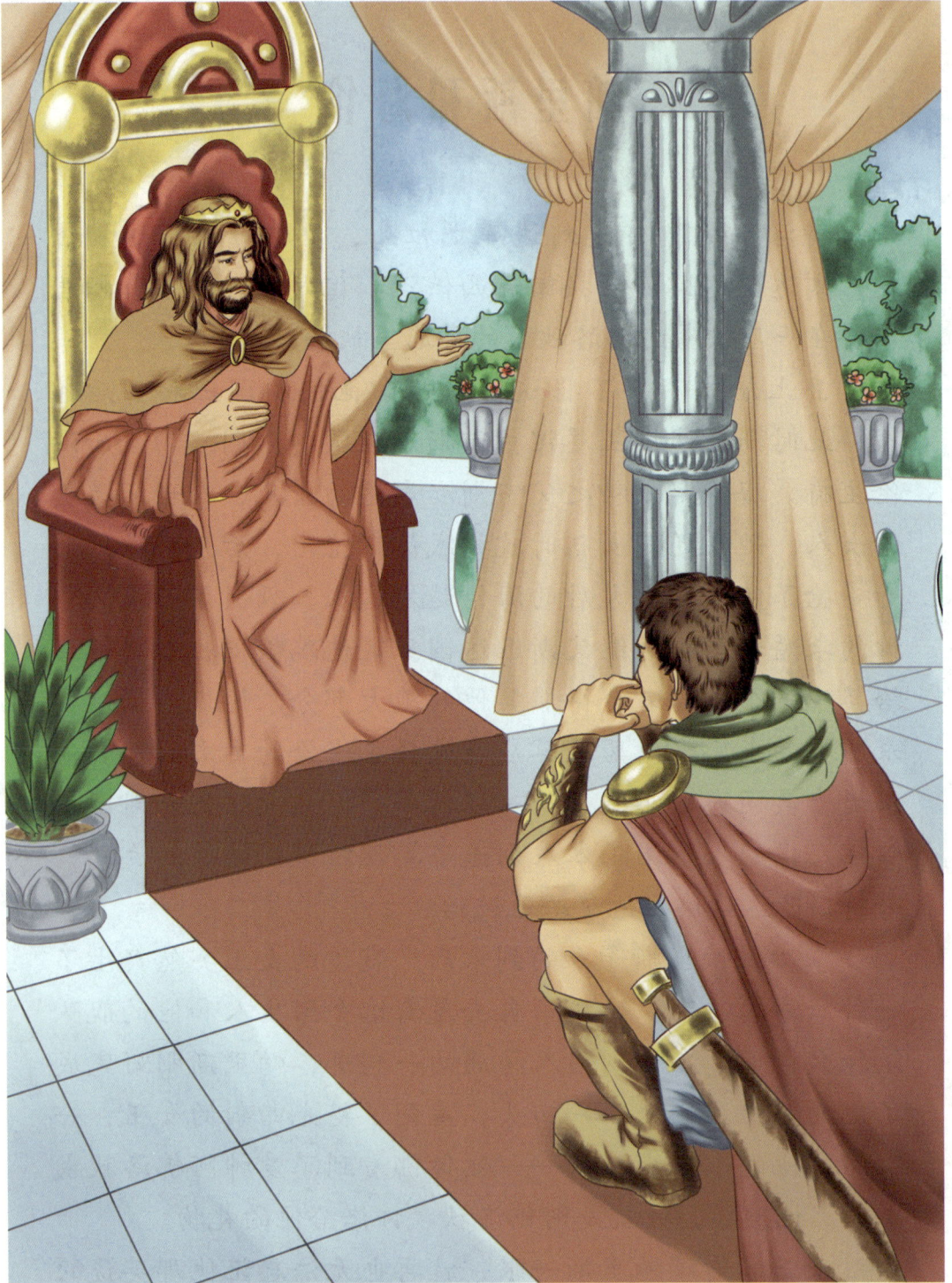

容颜。回到王宫后，她满脑子都是这个男人，而她的丈夫墨涅拉俄斯的形象在她的心里仿佛消失了。她焦虑地在王宫中踱来踱去，希望将这个男人赶紧从自己的脑海中驱赶开。可是没多久，帕里斯本人却带着随从前来拜访。女王殷勤地接待了他，给予他最高的礼遇。

帕里斯看到女王为他而心旌摇荡，就忘记了国王和人民的嘱托，他带领自己的随从将墨涅拉俄斯王宫中的财富和美女掳掠一空，并将半是顺从半是抗拒的女王劫持到了库忒拉岛。

当他带着他的战利品在爱琴海上航行时，古老的海洋之神涅柔斯浑身湿淋淋地从海里出现，他诅咒这帮强盗会得到最严厉的惩罚，并说希腊人的战火将会导致整个特洛伊城毁灭。

帕里斯愚蠢又自私的行为为特洛伊城带来了可怕的灾难，这场战争也自此正式拉开了序幕……

93

阿喀琉斯的出征

帕里斯的行为激怒了海伦真正的丈夫——斯巴达国王墨涅拉俄斯。他和他的哥哥阿伽门农在全希腊都具有非常强大的号召力。伯罗奔尼撒岛上大部分国家的君主都是他们的盟友。

整个希腊几乎都行动起来为他们的复仇提供支援，只有两个人迟迟没有给予回应。一个是狡猾的依塔刻国王奥德修斯，他不愿为斯巴达国王那不忠的妻子而远离自己的妻子和孩子。在使者到来时，他装疯卖傻地去犁地，不是把种子而是把盐撒在垄沟里。使者帕拉墨得斯看穿了奥德修斯的诡计，趁他调转犁头的时候，将他尚在襁褓中的儿子放在他正准备耕种的地上。这下，奥德修斯再也无法伪装下去了，只好答应参战。另一个是被预言对于远征胜负具有决定性作用的阿喀琉斯。人们不知道他身处何处。阿喀琉斯是海洋女神忒提丝和英雄珀琉斯的儿子。早前，宙斯和波塞冬都曾经追求过忒提丝，但忒提丝预言自己的儿子将会比他的父亲强大。宙斯得知此事后，就将她嫁给了埃阿科斯之子珀琉斯。

在她生下儿子阿喀琉斯时，忒提丝想要让他也像自己一样成为神。于是就瞒着丈夫，夜间将儿子用火烧，白天再用圣膏医治被烧伤的部位。有一次，珀琉斯无意间发现了在火中发抖的儿子，他大叫起来，女神无法继续完成她的工作，只好沮丧地回到海洋姐妹中去了。阿喀琉斯的脚踝因为被用手握着，无法锻炼得刀枪不入，最终成了他的致命部位。

阿喀琉斯九岁的时候，一个预言家说，远在亚细亚的特洛伊城即将被战火吞噬，但没有这个孩子，希腊的军队就无法做到这一点。忒提丝听闻这一点，急忙将自己的儿子从她丈夫的王宫中接走，因为她知道这场战争会毁灭自己的儿子。忒提丝将儿子打扮成女孩的样子，带到斯库罗斯岛的国王吕克墨德斯那里，让他在国王的女儿们中间快乐地长大。但当这个青年开始长出胡须时，他向国王的女儿——美丽的得伊达弥亚坦白了自己的秘密，并且偷偷与她结合。

因为阿喀琉斯在特洛伊战争中的重要性，奥德修斯和狄俄墨得斯受命前去寻找他。预言家卡尔卡斯认定阿喀琉斯藏身于斯库罗斯岛，两位英雄被引见给当地国王吕克墨德斯和他的那些女儿们。这位英雄藏身于国王那些娇媚的女儿们中间，连两位希腊英雄也不能辨别。为此，奥德修斯拿来了一面盾牌和一支长矛，放在少女集结的地方，然后吹响战号，仿佛敌人已经临近。听到吓人的号角声，所有少女立刻逃离，只有阿喀琉斯拿起矛和盾准备迎战。就这样，他被认了出来，只好答应加入希腊人的队伍。

阿伽门农的两难处境

希腊联军集结在奥利斯岛期间，主帅阿伽门农用打猎来消磨时间。其间，他杀死了狩猎女神阿尔忒弥斯的祭品——一只美丽的牝鹿，并且扬言，即使狩猎女神阿尔忒弥斯也不能比他射得更准确。

女神对这种行为大为恼火，于是给希腊联军制造障碍，让阿伽门农的舰队无法继续顺利航行。每当舰队就要出发时，奥利斯岛上的风就停了下来。为此，预言家卡尔卡斯说，只有阿伽门农将他和克吕泰涅斯所生的长女伊菲革涅亚献祭给女神，希腊联军才能顺利前行。

预言家的这番话让阿伽门农十分沮丧，他决定辞去希腊联军统帅一职，因为他的良知不允许他杀死自己的亲生女儿。阿伽门农的这番言辞在希腊军中激起了极大的愤怒，他的兄弟墨涅拉俄斯提醒他可能的后果，说服他服从大局。阿伽门农只好向迈锡尼送了一封信，信上以让女儿伊菲革涅亚到军中与阿喀琉斯订婚为名，要求妻子将女儿送到奥利斯。

可是，这封信刚一发出，阿伽门农的父爱之情又占了上风，他悄悄派人再去给妻子送一封信，信中说他改变主意了，要将女儿的婚期推迟到明年春天。

新的信使出发没多久，就被墨涅拉俄斯抓住，并且从他身上搜出了那封信。墨涅拉俄斯痛斥兄长的反复无常，让他想想以前自己为了争得统帅这个荣誉所付出的一切。可是阿伽门农并不愿意为了他兄弟那水性杨花的妻子而失去自己的亲生女儿，兄弟俩大吵起来。

阿伽门农的献祭

　　正在阿伽门农和他的兄弟争吵不休时，使者报告阿伽门农的妻子克吕泰涅斯特拉已经带着他们的女儿来到了军营中。阿伽门农已经别无选择，他眼含热泪对墨涅拉俄斯说："兄弟，你胜利了！她是你的了！"这时，墨涅拉俄斯被他兄长的绝望所感动，说他决不能为了海伦而损失一个好兄弟。但阿伽门农反倒突然坚持起来，他认为女儿注定难以逃离这样的命运。

　　女人们的到来打断了他们的谈话，墨涅拉俄斯痛苦地离开了。

　　夫妻俩略作寒暄后，阿伽门农显得很冷静。女儿伊菲革涅亚亲昵地扑入父亲的怀抱，她对自己的父亲充满信赖，她说："哦，父亲，我多么想念你呀！如果我能跟着你们一起航行，那我该有多幸福呀！"

　　好不容易哄骗好自己的女儿，妻子却问他关于想象中的女婿的家世和财产的事情。阿伽门农只好继续敷衍。做完这些，他动身前往预言家卡尔卡斯那里。

　　在此期间，一次突然的事件让阿伽门农的妻子克吕泰涅斯特拉和她想象中的女婿阿喀琉斯相遇，她热情地欢迎他并和他攀谈订婚的事，但阿喀琉斯却忍不住连连后退，说自己从来不知道这件事情。这时，阿伽门农的那位被墨涅拉俄斯抓住的送信仆人惶恐地跑了进来，告诉了他们

98

真相。

知道真相后，克吕泰涅斯特拉颤抖着跪在这个神祇之子面前，请求他保护这对孤苦无依的母女。阿喀琉斯被感动，表示愿意尽自己最大的努力去保护这位因为自己的名字而受到欺骗的少女。

这时，主帅还不知道他的秘密已经泄露，还大喊让自己的女儿赶快从帐篷里出来，说婚宴和祭祀需要的一切都已准备妥当。

"做得好啊！伟大的统帅，直截了当地说吧，你是准备杀死你自己的女儿去为墨涅拉俄斯重新夺回那个不贞的妇人？"克吕泰涅斯特拉愤怒地说。

正当克吕泰涅斯特拉为自己的女儿打抱不平的时候，他们的女儿伊菲革涅亚却早已跪在父亲的脚下，乞求他不要如此狠心。但阿伽门农已经心如铁石。

这时，外面响起了兵器的撞击声，原来是准备保护母女两人的阿喀琉斯。兵营里充满了要求伊菲革涅亚牺牲的呼声，他去阻止这种呼声，连自己也差点儿被愤怒的士兵用石头砸死，但他已经决意用自己的肉体掩护这对母女。

阿喀琉斯以身保护这对母女，他真是既勇敢又富有同情心呀！

"不用了。上天决定我要为自己的祖国献出生命，我无法抗拒。从今往后，我的名字将获得荣誉，我将成为全希腊的解救者。特洛伊的陷落，就是给我最美的婚礼。"这时，这个年轻的女孩突然大义凛然地走了出来，说出这些话时，她庄严而郑重，活像一个女神。

说完，她不顾一切地走出军营，走上了长满鲜花的阿尔忒弥斯的圣坛。

众人都被眼前的一切震惊了。祭司卡尔卡斯手握钢刀，口中念念有词，抵住少女的喉咙。就在他挥刀的一刹那，奇迹出现了——少女从众人的眼中消失了，接着圣坛上出现了一只漂亮的牝鹿，它身插利刃，在不断地挣扎着。女神阿尔忒弥斯对这个可敬的少女产生了怜悯之心，于是用这只美丽的牝鹿代替了伊菲革涅亚。

"女神和解了！我们可以顺利航行了！"卡尔卡斯高喊。人群中发出了一阵欢呼声。

希腊大军兵临城下

在希腊舰队集结期间，帕里斯携海伦归来。年迈的国王普里阿摩斯对于这个不请自来的儿媳非常不满意，他召集家人举行会议，决定海伦的去留。可是其他年轻人都收到了帕里斯送来的美女和礼物，因此一致昏头昏脑地同意把这个异乡的美女留下，不交给希腊人。民众的反应却截然相反，他们纷纷为帕里斯带来的这个女人可能引起的战争而感到恐惧和不安。最后，海伦声泪俱下地匍匐在王后赫卡柏脚下，表明自己已经深深地爱上了帕里斯，这番言行感动了王后，坚定了她保护海伦的决心。

当希腊大军如期而至时，特洛伊人已经做好了战斗的准备，国王的儿子赫克托耳出任最高统帅，与他一起执掌大权的还有国王的女婿——爱神阿佛洛狄忒之子埃涅阿斯。

希腊大军到来时，特洛伊国王在和议会商讨一些保卫城墙的有效办法，因此给了远道而来的希腊人足够的时间去安营驻扎。不过这种情形并未维持多久，很快，在赫克托耳的带领下，全副武装的特洛伊战士就猛然冲向毫无准备的希腊人船队，如入无人之境。凡是赫克托耳所在之处，特洛伊人就占据了上风。

终于轮到阿喀琉斯和他的士兵上战场了，他一马当先，英勇无比，连赫克托耳本人也抵挡不住。最终，他杀死了赫克托耳的两个兄弟，国王普里阿摩斯从城楼上见此情形痛苦地喊了起来。与他并肩作战的是英雄埃阿斯，他那高大的身躯让敌人见了闻风丧胆。在这两位英雄的努力下，特洛伊人被击退。

帕拉墨得斯之死

在希腊军队中，有一个正直而有远见的人，他就是帕拉墨得斯。他说服希腊的大多数英雄参加了这次征讨特洛伊的战争，他的聪明睿智和博学多才远胜以狡狯闻名的奥德修斯。奥德修斯非常嫉妒帕拉墨得斯在军中的声誉，私下里对他恨得咬牙切齿。

奥德修斯亲手在帕拉墨得斯的营帐中埋了一大笔黄金，然后假借特洛伊国王普里阿摩斯的口吻给他写了一封信，信中说由于他泄露希腊军队的机密给特洛伊人，特意奉上黄金作为酬谢。他故意让这封信落在一个无辜的奴隶手里，然后抓住他，搜出这封信，再将这个奴隶打死。

为了构陷帕拉墨得斯，奥德修斯在希腊军的会议上当众出示了这封信，帕拉墨得斯因此被送上军事法庭。这个军事法庭由阿伽门农指定一些显赫的国王构成，其中就包括奥德修斯。在奥德修斯的提议下，相关人员在帕拉墨得斯的营帐里找到了早已埋藏好的黄金。其他法官们不追查事情的真相，一致同意奥德修斯的建议——执行死刑。帕拉墨得斯早已看穿了他们的阴谋，但在这种情势下，他无法为自己做出任何辩解。

当这位高贵的人被推到希腊兵中间时，他像个英雄一样勇敢地去接受死亡。当士兵用第一批石头将他砸倒在地时，他喊道："真理啊，你为死在我前头而高兴吧！"最终帕拉墨得斯被无情地杀死了。但正义女神涅墨西斯从天上看到了一切，于是决定在狠辣的希腊人和诱骗他们犯罪的奥德修斯荣归故里时加以惩罚。

更加复杂的特洛伊战争

随后的几年中，特洛伊人为了保存实力，很少主动出击，因此希腊军队把所有的力量都用于征服周边地区。阿喀琉斯和他的舰队一连攻破了十二座城池。忒拉蒙的儿子埃阿斯也征服了很多地区。他们带着很多战利品凯旋。

回到希腊人的船营后，希腊联军举行了一次会议，确定了对战利品的分配结果：国王布里修斯美貌的女儿布里塞伊斯归阿喀琉斯所有，透特拉斯国王的女儿忒克墨萨则属于埃阿斯。此外，为了对阿伽门农表示尊敬，阿喀琉斯将自己的战利品——祭司克律塞斯的女儿克律塞伊斯给了他。最后，他们决定用此次战利品中最珍贵的部分——国王普里阿摩斯的儿子波吕多洛斯的性命换回墨涅拉俄斯的妻子海伦，但这次获得和平的机会最终在帕里斯的干预下失败。

诸神在特洛伊战争中扮演了重要的角色，他们不仅是希腊和特洛伊两方的保护神，还直接干预了战争的进程。

转眼间，战争就进行到了第十个年头，奥林匹斯山上的诸神也加入了这场战争，各自支持不同的阵营：赫拉、雅典娜、波塞冬、赫尔墨斯、赫淮斯托斯站在希腊人一边，阿佛洛狄忒和阿瑞斯则站在特洛伊人一边。因为他们的参与，特洛伊战争的情势变得更加复杂。

正当希腊人摩拳擦掌准备与特洛伊军队正面交战时，

祭司克律塞斯带着大量的赎金前来乞求希腊人归还他女儿，整个军营都对这件事非常支持。但阿伽门农却对这个要求怒不可遏，让他赶紧滚回家去。

可怜的老人只好默默地走向海滨，他惊惧不已地举起双手向阿波罗乞求："听我说，阿波罗，你这克律塞的保护神！你不要只知道享受我为你精心挑选的祭品，也应该看到克律塞人的心声！如果你在天有灵，就请用你的神箭去惩罚野蛮的希腊人吧！"

他大声祈祷，愤怒的阿波罗答应了他的请求。他手持箭袋和利箭，从奥林匹斯山上走了下来。他站在距离希腊船营不远的地方，弯弓搭箭，朝着希腊人的营帐里射去。谁中了这可怕的箭镞，谁就会染上可怕的瘟疫。

阿喀琉斯的愤怒

瘟疫已经在军中肆虐一连九天了。预言家卡尔卡斯说是因为阿波罗的祭司受到了虐待，神发怒了，因此才降下了可怕的惩罚，只有将祭司克律塞斯的女儿送还他的父亲，才能阻止瘟疫的继续蔓延。

希腊军的统帅阿伽门农听到这番话后怒火中烧，他答应将祭司的女儿送还父亲，但作为对他的补偿，他提出要把阿喀琉斯喜欢的女奴布里塞伊斯夺走。

这种无耻的要求让阿喀琉斯勃然大怒，正当他准备武力相对的时候，女神雅典娜隐身示意，让他不要拔剑。阿喀琉斯只好含泪遵从了女神的意思。

阿伽门农派人将克律塞斯的女儿和上百件祭品送上船舶，随后喊来两个传令官，让他们去阿喀琉斯的营帐中带走美丽的布里塞伊斯。姑娘泪眼婆娑地跟着传令官走了。

悲伤的阿喀琉斯走向海边对着他的母亲哭泣，乞求得到母亲的帮助。海边传来女神忒提丝的声音："可怜的孩子，我后悔生下了你，如今还要让你承受那么多的苦难。我会乞求众神之父宙斯为你出这一口恶气，你就乖乖地坐在你的船舰那里，不要参与战争，让希腊人自生自灭。"

说完，她飞到了奥林匹斯山上，去请求众神之父宙斯的帮忙，要求在阿喀琉斯出战之前，一直让特洛伊人取得胜利，直到希腊人给予阿喀琉斯应得的荣誉。宙斯答应了。

诸神的参战

希腊军和特洛伊人的战争一直没有脱离众神的参与，雅典娜用她的神力让堤丢斯的儿子狄俄墨得斯充满了力量，他变得所向无敌，甚至差点儿杀死了女神阿佛洛狄忒的儿子埃涅阿斯。幸好女神及时出现相救。不仅如此，狄俄墨得斯还用他的长矛刺穿了女神手上的皮肤，女神痛苦得大叫起来。战神阿瑞斯把他的快马给了她，她骑上快马飞快地逃到了奥林匹斯山上。阿波罗则背起被打倒在地的埃涅阿斯，将他带回了自己的神庙，交给自己的母亲勒托和姐姐阿尔忒弥斯照顾。

为了惩罚狄俄墨得斯的狂妄大胆，战神阿瑞斯化身特忒刻的阿卡玛斯，激励特洛伊人起来战斗。这时，国王的儿子赫克托耳率领一批最勇猛的特洛伊武士向希腊人逼近，战神阿瑞斯则时而在前，时而在后。狄俄墨得斯见此情形十分惊恐。在战神的帮助下，赫克托耳等人越战越猛，杀死了希腊人中六个出色的英雄。天后赫拉十分震怒，和雅典娜也走到下界，帮助希腊军中的狄俄墨得斯。最后，雅典娜和阿瑞斯这两兄妹为了特洛伊之战大打出手，雅典娜用她的长矛刺中了阿瑞斯的软肋，战神大吼一声朝奥林匹斯山飞去。

随后的战争中，众神纷纷接到宙斯的命令回归奥林匹斯山，把战场暂时交给了希腊军和特洛伊人。

特洛伊人的胜利

当双方的战争告一段落后，宙斯做出了另外的决定。当太阳升起来的时候，宙斯命人将两个死者当作砝码放到他的黄金天平上，在空中加以称重。不久，希腊人的重量开始向地面倾斜，而特洛伊人的重量则升向天空。

很快，宙斯在屡屡得胜的狄俄墨得斯面前投下雷电，命令他赶快离开战场。因为他知道，如果让狄俄墨得斯杀死赫克托耳的话，战事就会急转直下，希腊人很快就能占领特洛伊城。狄俄墨得斯虽然害怕被特洛伊人嘲笑是胆小鬼，但也不敢违背宙斯。

特洛伊人很快占据了上风，赫克托耳带着士兵把希腊人杀得片甲不留。直到阿伽门农被人提醒阿喀琉斯对这场战争的重要性时，他才醒悟过来。

阿伽门农立刻派人去给阿喀琉斯赔罪，还带上了隆重的礼物。当阿喀琉斯看到来人时，他急忙从座位上站了起来，向他们迎去，并摆宴席，欢迎来使。来使讲明了现在希腊人所面临的险境，希望阿喀琉斯能挺身而出解救希腊人。来使还一一献上了阿伽门农为了赔罪而送来的大批礼物。可是，不论来使怎么劝说，阿喀琉斯想到阿伽门农丑陋的嘴脸，还是坚持不愿意再为希腊人战斗。

随后的战斗中，赫克托耳再次将希腊人打得溃不成军，海神波塞冬和天后赫拉不忍心看希腊人溃败，多次偷偷帮助希腊人，勇敢的赫克托耳被埃阿斯击倒在地，这时宙斯赶紧派阿波罗去给他疗伤，并让他变得更加强壮。

　　希腊人看到被打倒在地的赫克托耳突然重新站起来，立刻怔住了，他们明白赫克托耳得到了神的帮助，于是纷纷撤退。阿波罗隐身在云雾里指示他，赫克托耳带领特洛伊军队一路向前，希腊人闻风丧胆。

帕特洛克罗斯之死

眼看希腊联军中的英雄们或死或伤，阿喀琉斯的好朋友帕特洛克罗斯再也无法坐视不管。他疯了一样地跑向阿喀琉斯的营帐，指责他为了一个女人而置自己的同胞于不顾，同时请求阿喀琉斯答应把他的铠甲借给他穿，让特洛伊人以为他就是勇猛的阿喀琉斯，为同胞们赢得喘息时间。

阿喀琉斯答应了，却叮嘱自己的好朋友，不要接近赫克托耳，也不要接近阿波罗，因为神祇喜欢他们的敌人。

帕特洛克罗斯穿上阿喀琉斯的铠甲后，越战越勇，杀死了很多特洛伊人，最后与隐身的阿波罗相遇，被阿波罗从背后偷袭，并卸下了装备。见此机会，潘托俄斯的儿子急忙趁机从身后刺了他一下，赫克托耳又用长矛从前面将他刺死。帕特洛克罗斯死前向兴奋不已的赫克托耳发出警告，厄运已经来到了他的身边，阿喀琉斯会为他报仇。

赫克托耳将帕特洛克罗斯的铠甲从他的身上扒下。在随后的作战中，赫克托耳脱下了自己的铠甲，换上阿喀琉斯那副神圣的铠甲——这是海洋女神忒提丝和英雄珀琉斯婚礼上众神赐予的礼品，后来珀琉斯把他赠给了自己的儿子阿喀琉斯。但儿子穿上父亲的铠甲却注定活不到老年。

经过激烈的争夺战，埃阿斯从赫克托耳手中夺回了帕特洛克罗斯的尸体。他身负尸体向前而行，身后跟着虎视眈眈的特洛伊人。

阿喀琉斯的悲恸

墨涅拉俄斯派人把帕特洛克罗斯战死的消息告诉了阿喀琉斯。阿喀琉斯听到这个噩耗，眼前一片漆黑。他两手抓起黑色的尘土朝自己头上撒去，边撒边懊悔地拍打着自己的额头。他无助的哭泣声穿越云霄，传到他的母亲忒提丝那里。她和她的姐妹们从海里走出来，直奔向恸哭的儿子。

"孩子，发生了什么？你为什么哭得那么伤心？你所期望的荣誉就要到来，希腊人正无比热切地渴求你的帮助！"她边说边满怀爱怜地把儿子的头埋到她的怀里。

"母亲，我爱帕特洛克罗斯就像爱我自己一样，用他的死换来的荣誉，对我又有什么用呢？我懊悔不听他的劝告，让他独自一人面对赫克托耳的长矛。如果我不能为帕特洛克罗斯报仇的话，我的生命对我而言都没有任何意义！"

"孩子，你的生命即将枯萎，而我也将变成一个痛苦的母亲。当你杀死赫克托耳之后，你的末日也将来临。"忒提丝含泪劝道。

"如果不能为我死去的朋友报仇，我宁愿现在就死去。"阿喀琉斯哭着说，"亲爱的母亲，不要阻止我去战斗！"

"你是对的，孩子。遗憾的是，你那灿烂的铠甲现在在赫克托耳那里，他还把它穿上了。不过……"女神顿了顿说，"他不会笑太久了，我这就去找火神赫淮斯托斯去为你锻造新的铠甲。明天太阳升起来的时候，你就可以穿上它了。"说完，女神就和她的姐妹们消失了。

对阵赫克托耳

希腊人整夜都围着帕特洛克罗斯的尸体哀伤不已，尤其是阿喀琉斯，他泪如雨下，发誓在没有为好友报仇之前，决不为他举行葬礼。

在清晨第一缕曙光出现的一刹那，忒提丝把火神锻造的新铠甲带到了阿喀琉斯的面前。阿喀琉斯亲自披挂上阵，大家都被他雷鸣般的声音召集而来。

当人到齐的时候，阿喀琉斯和阿伽门农取得了和解。众人饱餐一顿，随后积极投入战斗。瞬间，头盔相碰，盾牌相击，胸甲相撞，长矛相交。整个大地被青铜照亮，在战士们脚下轰鸣。阿喀琉斯手执盾牌和长矛，先击败了自不量力的埃涅阿斯，又战胜了勇敢的伊菲提翁，射杀了安忒诺尔的儿子摩勒翁，刺穿了希波达马斯的背部。

赫克托耳看到阿喀琉斯怎样把他的兄弟刺穿在地，眼前一黑，不顾神的警告，立刻手执长矛朝阿喀琉斯冲了过去。阿喀琉斯看到眼前的猎物，非常高兴："我们还要再逃避彼此吗？再靠近些，我就会让你死得更快一些！""我知道你有多么勇敢，"赫克托耳无所畏惧，"我也知道该离你远一点，但是，既然我们身处不同的阵营，就必然要面对你死我活的命运。"

赫克托耳之死

因为雅典娜和阿波罗的干预，阿喀琉斯和赫克托耳并没有伤到彼此。不过，随着阿喀琉斯越战越猛，特洛伊最勇猛的战士一批又一批地倒下。阿喀琉斯的战马嘶吼着，践踏着尸体和盾牌一路狂奔。特洛伊人只好仓皇逃窜，他们一部分逃到前一天赫克托耳战胜希腊人的平原，一部分逃到了斯卡曼德洛斯河边，被咆哮的河水卷了进去，阿喀琉斯跳进去大肆屠杀，斯卡曼德洛斯的河水为之断流。

不知过了多久，阿喀琉斯再次遇到了赫克托耳。他像一头雄狮一样沿着特洛伊城墙追赶赫克托耳，风从耳边呼啸而过。当赫克托耳绕着城墙跑到第四圈的时候，雅典娜化身他的弟弟得伊福波斯，激励他勇敢地与阿喀琉斯对阵。

"我不再逃避了！我的心告诉我，要么你杀死我，要么你被我杀死。"有了兄弟的帮助，赫克托耳终于有勇气面对阿喀琉斯。

两人交战正酣时，雅典娜化身的得伊福波斯突然消失不见，留下惊愕不已的赫克托耳。这时，他突然醒悟，他的命运早已注定。可他不愿不光彩地死去，于是重新拔出宝剑冲了出去。阿喀琉斯没有等待，看准时机，朝着赫克托耳的脖子刺了过去，刺穿了他的喉咙。

赫克托耳的父母在城楼上见到了这一幕，痛苦得难以自抑。年老的国王发疯一样冲出城去，给儿子报仇。

阿喀琉斯之死

赫克托耳死后，阿喀琉斯为帕特洛克罗斯举行了盛大的殡葬仪式。他从俘虏中挑出十二个最勇敢的特洛伊青年来祭奠帕特洛克罗斯，烈火瞬间吞噬了十二条年轻的生命。

不久，阿喀琉斯的母亲忒提丝来到军营，告诉他宙斯对他扣留赫克托耳尸体的做法十分生气，要求他赶快交还赫克托耳的尸体，并趁机向特洛伊国王要一大笔赎金。

在宙斯的安排下，年迈的国王普里阿摩斯带着大量赎金被带到阿喀琉斯的军营。他悲怆地请求阿喀琉斯体谅自己的一片爱子之心。阿喀琉斯深受感动，友好地接待了他，并且答应给他足够的时间去安葬赫克托耳。

短暂的休战之后，特洛伊人重新陷入巨大的恐惧之中，尽管有身为神祇之子的亚马逊女王彭忒西勒亚和埃塞俄比亚国王门农前来助阵，最终却得不到命运女神的垂青，一个个战死沙场。当然，他们也杀死了很多勇敢的希腊人。

特洛伊人已经悲恸万分，希腊人也在为他们战死的同胞而哭泣。阿喀琉斯怒火冲天，准备为他刚死的朋友安提洛科斯报仇，他像一只猛虎一样冲入敌阵，杀死了大量的特洛伊人，地上血流成河。

阿波罗在奥林匹斯山上看到了阿喀琉斯的杀戮，愤怒至极，发疯一般地从神座上冲了下来，背上装有他那致命的箭镞。他一脸怒气地站在阿喀琉斯的身后，发出可怕的警告："珀琉斯的儿子，不要对特洛伊人赶尽杀绝，否则你将会死于非命！"

阿喀琉斯听出了神祇的声音，但他并不惧怕，反倒大声喊道："不要逼我与一个神祇作战！当你让赫克托耳一次次从我手中逃脱时，我已经对你不满至极。如果你胆敢再次阻挠我，我的长矛将刺穿你的身体，哪怕你是一个不死的神祇！"

阿喀琉斯的话让阿波罗恼火不已，他隐身在一片云雾里，弯弓搭箭，一下就射中了阿喀琉斯那致命的脚踝。一阵剧烈的疼痛袭上心头，他像一座毁掉地基的高塔一样栽倒在地。他环顾四周，扯着嗓子大喊："是哪个胆小鬼在背后射箭？有种的话，当面和我单挑！"阿波罗没有回应。

尽管如此，仍然没有一个特洛伊人敢于接近受伤的英雄。很快，他拔掉那致命的箭镞，以惊人的毅力从地上重新站了起来。随后，他挥动长矛，再次大开杀戒。

但是，随着时间的推移，阿波罗箭上的毒液也在发挥作用。不久，阿喀琉斯的四肢逐渐僵冷，他倒在一片血泊之中。

帕里斯之死

　　阿喀琉斯死后，希腊人厚葬了他们的英雄。他们找到阿喀琉斯的儿子涅俄普托勒摩斯，并从楞诺斯岛带回了曾经因病被他们遗弃的战友菲罗克忒忒斯，请军中的神医为他治好了伤口。

　　这之后，希腊人再一次与特洛伊人展开血战。菲罗克忒忒斯穿上赫拉克勒斯送给他的铠甲，一路勇往直前，与帕里斯狭路相逢，一箭射中了帕里斯的侧腹部，帕里斯只好像一条丧家犬一样逃回了特洛伊城。

　　帕里斯回城后，立刻让医生为他诊治。但赫拉克勒斯的箭上有毒，箭镞已经深入骨髓，伤口已经完全溃烂变黑，医生束手无策。这时，他想起了一条神谕，神谕说当他面临生命危险时，只有被他遗弃的前妻——水泽仙女俄诺涅才能救他。当他还是一个快乐的牧人时，两人曾经度过了一段美好的时光。他与海伦在一起后，俄诺涅被抛之脑后。可她却孤独地坚守着这份爱情，连对太阳神阿波罗的追求也无动于衷。

　　帕里斯让人把他抬到伊得山上，扑倒在曾经遭他鄙弃的俄诺涅脚下喊道："尊敬的女人，不要在我如此痛苦的时刻恨我，因为我不是自愿背弃你的，命运之神把我带到了海伦面前，让我承受我不能承受的一切。现在，请以我们早年的爱情为证，把药敷在我的伤口上，让我不再受着恼人的折磨。你曾经说过，只有你能救我！"

他的这番话并没有打动这个可怜的女人。"你到这个没有时运的被你遗弃的女人这里来做什么？"她大喊起来，"回到青春美貌的海伦那里呀！你在她那里过得多么称心如意呀！走吧，扑倒在她脚底下，看她有没有能力救你！"

帕里斯被这悲愤的女人打发出她的屋子，由他的仆人挽着，穿过草木茂盛的山林，准备回到特洛伊城去。可是，还没有走到山麓，他就毒发身亡了。

一种意想不到的悔恨突然攫取了俄诺涅的灵魂，她回想起了曾经与帕里斯在伊得山上的浪漫时光，泪水夺眶而出。不久，她站了起来，匆匆打开房门，飞一般地跑了出来。夜色笼罩着大地，她光脚越过山岩，穿过山涧和河流，来到她丈夫火葬的地方。这时，帕里斯的尸体正在火上燃烧，国王和他的儿子们都在沉痛地哀悼。当俄诺涅看到丈夫的尸体时，她那美丽的面孔突然在火光中变得扭曲，她用衣服蒙住自己的头，猛然跃上了火葬堆。在周围的人反应过来之前，她就和丈夫的尸体一起被熊熊大火吞噬了。

特洛伊城的毁灭

　　特洛伊城久攻不下，希腊军队从各个方向试图登上城墙的尝试都归于失败。这时，一个神谕告诉他们，特洛伊城的命运取决于存放在特洛伊城内神庙里的一个雅典娜神像。狄俄墨得斯和奥德修斯立刻趁着深夜化装成乞丐潜入存放神像的神庙，盗走了神像。但即便如此，对特洛伊城的攻击仍然徒劳无功。这时，预言家卡尔卡斯为大家讲述了一个他看到老鹰抓兔子的迹象，奥德修斯受到启发，想出了一个计谋："我们应该制造一些巨大的木马，让我们最勇敢的英雄藏身其中，然后大家乘船撤离到忒涅多斯岛上去，让特洛伊人以为我们已经撤离。当毫无戒备的特洛伊人出来时，找一个特洛伊人不认识的人驱赶这些木马，把它们当作献给女神雅典娜的礼物送给特洛伊人。然后里应外合，用宝剑和长矛把这座城市夷为平地。"

　　众人依计行事，特洛伊人果然上当，被那个巧舌如簧的希腊人欺骗，还把那些硕大的木马拖进了城里。夜里，希腊英雄们趁特洛伊人熟睡的工夫，发出信号，与躲在忒涅多斯岛上的希腊军队里外夹击，特洛伊城顿时一片大乱。大火在这座城市里蔓延，厮杀声和哭喊声充斥了整座城市。

　　狄俄墨得斯杀得兴起，像一头疯了的野兽，埃阿斯和伊多墨纽斯同样如此。涅俄普托勒摩斯杀死了国王普里阿摩斯的三个儿子，又杀死了敢于同他父亲阿喀琉斯较量的阿革涅耳，到最后他冲向正在向宙斯祈祷的国王普里阿摩斯，并杀死了这个年迈的老人。

海伦在墨涅拉俄斯那举起的宝剑前瑟瑟发抖，她也知道自己难逃一死，但阿佛洛狄忒却让她的美更加诱人，在楚楚动人的海伦面前，墨涅拉俄斯始终下不去手。正当他下定决心要杀死海伦时，他的兄长阿伽门农推门而入，阻止了他。

人间这惨绝人寰的一幕让隐身在云雾中的众神悲痛不已。除了特洛伊人的死敌赫拉和阿喀琉斯的母亲忒提丝有些高兴，其他的神都不忍直视。即使是促成特洛伊城毁灭的雅典娜，也因为自己的祭司卡珊德拉被希腊军中的埃阿斯狂暴地拖走而羞愧不已。

希腊人的烧杀掳掠持续了很长时间。熊熊大火中升起的浓烟，宣告了这座城市的毁灭。

第三部

奥德修斯的传说

波吕斐摩斯和"没有人"

特洛伊毁灭后，希腊人大部分都回到了自己的故乡，只有依塔刻国王奥德修斯一直在海上漂流。他和他的舰队先是被疾风吹到了基科涅斯人的城市伊斯马洛斯，然后途经洛托法伊人的海岸。

不久，他们到了野蛮人库克罗普斯人那里。出于对库克罗普斯人的好奇，奥德修斯和同伴登上了附近的小岛，在这里遇到一个住在山洞里的巨人波吕斐摩斯。他是波塞冬的儿子，一个人常年在偏远的海滨放牧羊群，基本上不与人来往。奥德修斯选了十二个最勇敢的同伴，带上装有美食和佳酿的篮子去引诱他。巨人回来后用一块巨石封住了洞口，发现了躲在洞穴最偏僻角落里的奥德修斯和同伴，他不由分说先吃掉了奥德修斯的两个同伴，第二天又将其中两个当早餐，吃完后就出去放牧，走前继续用巨石堵住洞口。为了逃生，奥德修斯在洞中找到一根巨大的木棒，把它的上端削尖，然后用火烤硬，准备用它来对付巨人。等到晚上巨人回来后，奥德修斯把自己带来的美酒和美食作为礼物送给巨人，求他放他们一马。巨人问他叫什么名字，奥德修斯回答说他叫"没有人"，父母、朋友都这样叫他。巨人收下了礼物，却不答应放了他们，只是说可以把他留到最后再吃。趁巨人喝醉的时候，奥德修斯和同伴把削尖了的木棒点燃后刺向巨人。巨人的眼睛被刺

127

伤，他大吼起来，随后呼唤他的同伴前来为他报仇。他从洞里面朝外喊着"没有人骗我！没有人杀我！"外面的人听到后说："既然没有人骗你，没有人杀你，那你大喊什么？你大概病了，可是我们库克普洛斯人不知道怎么治病！"说完，他们都走了。

此后，变瞎了的巨人在洞穴里四处摸索，并且搬开洞口那块大石头，坐在洞口等奥德修斯他们出现。奥德修斯他们并不傻，他们偷偷把巨人的羊绑在一起，每三只羊中间的羊肚子下藏有一人，准备趁天色拂晓后，瞎了的巨人赶羊出洞的时候逃跑。为了避免奥德修斯等人坐在羊背上逃跑，巨人把每只出去的山羊背都摸了个遍，可还是没有摸到伤害他的人们。就这样，奥德修斯他们带着巨人的山羊，一起回到了他们的船上。直到他们已经坐到船上重新启航之后，奥德修斯才大声朝着瞎了的巨人嘲弄地喊道："听着，瞎眼的库克普洛斯人，你在山洞吃掉的人可不是坏人！你的恶行终于遭到了报应！现在我告诉你吧，弄瞎你眼睛的人不是普通人，他是特洛伊的毁灭者、依塔刻的国王——奥德修斯！"

愤怒的巨人听到这些号叫起来："苍天啊！那个古老的预言果然在我身上应验了。从前有个预言家告诉我，我会被一个叫奥德修斯的家伙弄得失明。我还以为他是一个多么魁梧的人，没想到他是这么一个耍心机的懦夫！"随后他向他的父亲波塞冬祈祷，不要让奥德修斯一行人顺利返回。

女巫喀耳刻

不久，奥德修斯一行人到达国王埃俄罗斯的海岛。埃俄罗斯热情地招待了他们，并且赠送了一条由九岁野牛皮制成的风袋，里面关着各式各样的风。宙斯命令埃俄罗斯掌管诸风，他用一条银线结成的绳子把风袋紧紧系在奥德修斯的船上，一点儿也不让风漏出来。

他们在海上航行了九天九夜，到了第十天临近故乡依塔刻时，奥德修斯的同伴们趁着他睡觉的工夫，出于好奇心打开了风袋，结果被飓风吹回了埃俄罗斯的海岛。这时，埃俄罗斯再也不愿意收留他们了，他们只好继续航行。

后来，他们又遇到了巨人族莱斯特律戈涅斯人的袭击，绝大部分船只被巨人击沉，只有奥德修斯的那只船得以安全离开。

不久，他们路过一个名叫埃尔厄的海岛，这里是女巫喀耳刻居住的地方。奥德修斯派人找到了女巫喀耳刻的宫殿，女巫热情地接待了他们，并且请他们吃了可口的糕点。吃完后，他们立刻变成了全身长毛的猪猡，并被女巫赶到了猪圈里。只有思维缜密的欧律罗科斯因为没有进入宫殿而幸免于难。

奥德修斯等人得知这个消息都非常吃惊，准备背上宝剑和弓箭去救他的同伴。正在这时，神的使者赫尔墨斯出现并给了他一种药草，告诉他只有带着这种药草才能不被女巫变成猪猡。奥德修斯立刻带着药草向女巫的宫殿走去。

　　当他到达女巫宫殿时，喀耳刻故技重施，请他喝了精美的调酒，然后准备用魔杖把他也变成猪猡。因为奥德修斯带了药草，这次，她的魔法失效了。奥德修斯抽出宝剑准备杀她。她赶紧跪在地上求饶，并且说愿意和奥德修斯做朋友。

　　奥德修斯不相信她，要她立誓不用任何魔法伤害他。女巫答应了。第二天，女巫为他准备了精美的早餐，奥德修斯却一动不动。女巫问他为什么闷闷不乐，奥德修斯就将自己不愿失去朋友的想法告诉了她。女巫听后，立刻就将他的朋友们从猪猡又变回了人。

　　就这样，奥德修斯和同伴们在女巫喀耳刻这里快乐地待了一年，女巫才放他们回家，并告诉他们，回家之前必须到地府哈得斯那里找到忒拜盲人忒瑞西阿斯的灵魂，去问一下他们的未来。

　　这让奥德修斯非常恐惧，他以为自己必死无疑。女巫却说不必担心，并告诉了他去往冥府的办法。

太阳神赫利俄斯的牧群

在女巫喀耳刻的帮助下，奥德修斯成功到达冥府，见到了盲人忒瑞西阿斯的灵魂。盲人告诉他，由于他戳瞎了海神波塞冬儿子波吕斐摩斯的眼睛，他的返乡之旅将会困难重重。同时警告他们在特里那喀亚岛登陆时，不要去伤害岛上太阳神的神牛和神羊。否则，他的船和朋友都难逃毁灭。尽管如此，他自己还是可以在历经重重困难后乘坐陌生人的船回到家乡。随后，他还在地府里看到了自己死去的母亲和被人谋杀的阿伽门农等人，得知了他们后来的遭遇。

他们也途经了塞壬女妖居住的小岛，当女妖们唱起那动人的歌声时，奥德修斯已经命人提前用蜡封住了朋友的耳朵，同时让人把他绑在船的桅杆上，叮嘱他们无论自己怎样要求，都不要松开捆绑的绳子。

接着他们到了卡律布狄斯漩涡，遇到了怪物斯库拉，她用大嘴一下子就从甲板上叼走了奥德修斯六个同伴。同伴们呼喊着向奥德修斯求救，可是转眼之间，他们就被吞噬了。

不久，他们终于来到阳光充沛的特里那喀亚海岛。在岛上，奥德修斯想起盲人预言家的警告，提醒他的朋友不要去太阳神赫利俄斯的海岛，以免遭遇残酷的命运。但欧律罗科斯认为奥德修斯不近人情，提议让筋疲力尽的同伴到岛上休息一下。奥德修斯同意了。

　　当他们进入小岛后，宙斯送来一场风暴，他们不得不在海岛停留更长的时间。当女巫喀耳刻为他们准备的食物吃完之后，饥肠辘辘的同伴不顾奥德修斯的警告，开始动手屠宰太阳神赫利俄斯的牛群。当外出的奥德修斯发现时，已经太迟了。太阳神赫利俄斯怒火冲天地告到了宙斯那里。为此，宙斯降下了可怕的惩罚，让他们的船在风暴中被击沉。整个船上只有奥德修斯一个人幸免于难。

雅典娜和忒勒马科斯

奥德修斯一个人在海上漂流了九天九夜，在第十天的时候，他来到女神卡吕普索居住的俄古癸亚岛。女神爱上了他，把他抓起来关在山洞里做自己的丈夫，并且答应让他永生。但他放不下家乡的妻子，整日以泪洗面。最后宙斯起了怜悯之心，派神使赫尔墨斯告诉女神，放奥德修斯回乡。雅典娜则奉命来到奥德修斯的家中，帮助他解决家里的问题。

雅典娜化身塔福斯人国王门忒斯，来到依塔刻岛上奥德修斯的宫殿，发现他的家里一片混乱。奥德修斯十年不归，那里的人普遍认为他已经死去。三年前，附近的岛上来了很多门第高贵的年轻人，他们纷纷向奥德修斯的妻子——美丽的珀涅罗珀求婚。珀涅罗珀不愿答应，就以为自己的公公做寿衣为由，让他们一直等待。这些求婚者就占据着他的宫殿，肆意挥霍着他辛苦累积起来的财富。他的儿子忒勒马科斯则痛苦地坐在求婚人中间，思念他亲爱的父亲。

忒勒马科斯看到了雅典娜化身的门忒斯，赶紧迎上前去，向这位国王诉说自己心中的苦闷。雅典娜安慰这个年轻人，说他的父亲不久就会回来，同时建议他带上二十个水手，打听他父亲的下落。

忒勒马科斯听了雅典娜的话，将所有求婚者召集起来，大声谴责他们的厚颜无耻，要求他们离开他父亲的宫殿。但那些求婚人却反唇相讥，认为不是他们的错，而是他的母亲珀涅罗珀的错——谁让她白天把布织好，晚上就拆掉呢？

忒勒马科斯看到这帮无赖不肯离开，祈求雅典娜能够继续帮助他。雅典娜为他备好船只，招募水手，趁着求婚者们一个个酩酊大醉，顺利地让他和水手离开了港口。

他先到达皮洛斯岛，向国王涅斯托耳询问他父亲的下落，没有获得想要的答案。接着又到了斯巴达国王墨涅拉俄斯那里，墨涅拉俄斯热情地招待了他，并且告诉他一个预言家的说法——奥德修斯被女神卡吕普索留在海岛上，既没有船只也没有水手，只好面对大海独自流泪。

求婚者们马上知道了忒勒马科斯离开的消息，决定埋伏在途中杀死这个年轻人。王后珀涅罗珀从使者墨冬那里知道了这件事，忧心忡忡。为此，雅典娜在梦中给她指示，让她不要担心。

奥德修斯归来

奥德修斯乘坐自己做的一只小船离开了俄古癸亚岛，航行在茫茫大海上。海神波塞冬发现了他，再次兴风作浪，奥德修斯的小船被风暴撕成了碎片，他抓住一块木板爬了上去。海洋女神琉科忒亚可怜他，把自己的面纱扔给他，让他脱掉自己的衣服，把面纱缠在腰上往前游。

在海上漂流了两天两夜后，奥德修斯被冲到了岸边。雅典娜为了帮助他，向淮阿喀亚人的国王的小女儿瑙西卡托梦，动员她到海边洗衣服。姑娘在海边发现了睡在地上的奥德修斯，把他带到了国王面前。国王热情地招待了他，并把他介绍给他的臣民。在宴会上，奥德修斯向在座的宾客介绍了自己的经历。听完奥德修斯的故事，国王和妻子深受感动，就派人把他送回了依塔刻。

奥德修斯回到故乡后，惊奇地发现一切已经恍如隔世。他发现一切都是那样陌生，以为这里不是他的故乡。这时，雅典娜化身牧羊人，告诉他这里就是依塔刻。奥德修斯谎称自己是一个受迫害的外乡人，从克里特岛逃到了这里。女神听后微微一笑，变成了一个美女，告诉他不必对自己隐瞒。这时奥德修斯才明白，眼前是一位高贵的女神。

奥德修斯从雅典娜那里知道了他家里的大致情况，和女神一起商讨了怎样对付那些无耻的求婚人。为了不让人认出来，女神把他变成了一个衣衫褴褛的乞丐。

奥德修斯和忒勒马科斯

奥德修斯带着女神给他的讨饭棍和破背包，找到了忠实的牧猪人欧迈俄斯，向他打听了宫里的详细情况。牧猪人见眼前的老头很可怜，就收留了他。闲谈中，牧猪人向他说起自己的主人，并谈起了主人的妻儿所面临的处境。奥德修斯安慰他，他的主人一定会回来。

在此期间，雅典娜来到墨涅拉俄斯的王宫，告诉忒勒马科斯赶紧回家，并且注意预防求婚人的埋伏。忒勒马科斯听了女神的话，立刻启程。

忒勒马科斯回来后，立刻找到牧猪人，让他向王后珀涅罗珀报告自己回来的消息。趁着没有第三人在场，雅典娜将奥德修斯变回原样，父子两人终于相认，惊喜地拥抱在一起。冷静下来后，奥德修斯让儿子先回到宫殿，装作什么也没有发生。然后由牧猪人将衣衫褴褛的他当作乞丐带到宫殿里去。等到一切就绪后再动手。他再三交代，在此之前，不能让任何人知道他们的谋划。他想趁机考查一下那些奴仆和杂役是否对他忠心。

为此，忒勒马科斯故意派使者在所有女仆面前大声向王后珀涅罗珀报告他要回来的消息。很快，求婚人就从不忠的女仆口中得知了这个消息。他们聚在一起商议了接下来的对策，随后按照求婚者中最狡猾的安提诺俄斯的建议，推迟了原先的暗杀计划。王后从墨冬口中得知他们仍然要加害自己的儿子，非常生气，严厉地斥责了这帮无赖。这时，求婚者中的欧律马科斯假惺惺地安慰她说，他可以保证她的儿子不会死在求婚人手里，但如果神要让他死，那谁也没有办法。珀涅罗珀对于这些人的嘴脸非常厌恶，她伤心地回到自己的屋子里，趴在床上大哭起来。

第二天一大早，忒勒马科斯立刻动身进城。临行前，他叮嘱牧猪人带着可怜的外乡人也进城里来。忒勒马科斯回来后，他的母亲珀涅罗珀已经起床，母子俩重新见面后，忒勒马科斯安慰母亲说，父亲还活着，但却没有告诉她父亲已经回来的消息。

牧猪人带着重新变成乞丐的奥德修斯来到城里，遇到了为求婚者放羊的墨兰提俄斯，他大声嘲笑牧猪人和肮脏的乞丐是一路人，还顺带踢了奥德修斯一脚。奥德修斯只能默默忍受。但牧猪人却为他鸣不平，与牧羊人产生了争执，直到那个可耻的牧羊人回到了求婚者中间。

奥德修斯试探求婚人

奥德修斯跟着牧猪人来到了他的宫殿，一进门就闻到了一股烧烤的香味。牧猪人让他稍等一下，看看大厅中有没有乞丐的位置。这时，奥德修斯当年最宠爱的那条叫阿尔戈斯的老狗认出了自己的主人，由于它已年老体衰，常年无人理会，在向他摇了摇尾巴后，就摊开四肢死去了。奥德修斯顿时感觉一阵心酸。

忒勒马科斯把奥德修斯叫了进去，递给他一块面包和几块肉，并让他到大厅四处乞讨，顺便观察每一个求婚者的情况。有人可怜他，递给他吃的；有人却破口大骂，尤其是安提诺俄斯，他和牧羊人墨兰提俄斯一唱一和，大骂牧猪人竟然带进来一个肮脏的乞丐，让他赶紧滚出去，还恼怒地用脚凳砸中了奥德修斯的肩膀。

奥德修斯默默地回到门槛，向其他人抱怨安提诺俄斯对他的侮辱和伤害。但安提诺俄斯却不依不饶，扬言要让奥德修斯缺胳膊短腿。

这时，珀涅罗珀透过敞开的窗户看到了大厅里发生的一幕。她悄悄让牧猪人把他带到自己面前，但奥德修斯却要让她等到日落之后。

紧接着，宫里来了一个臭名昭著的乞丐阿耳奈俄斯，他长得非常肥大，时常靠替人通风报信来赚些小钱，大家就根据神使伊里斯的名字，戏称他为伊洛斯。他听说城里又来了一个乞丐，非常嫉妒，就立刻赶到王宫来，准备把他撵出自己的地盘。求婚者们见到两人在争吵，就撺掇他们一决雌雄。奥德修斯见状非常生气，但为了不被求婚者发现异常，只是小小地教训了一下伊洛斯，就把他打得满地找牙。

随后，求婚者们改变了对奥德修斯的看法，他们纷纷举杯祝他身体健康。奥德修斯趁此机会，劝求婚者中的安菲诺摩斯不要再纠缠别人的妻子，早点回家。可这个年轻人并没有听进去。

此后，求婚者们继续肆意玩乐，一直闹到深夜。等他们都走了之后，大厅里只剩下了奥德修斯和忒勒马科斯。两人陆续把求婚者的武器搬到一个小屋子里，雅典娜则用她的黄金烛台为他们照亮。

奥德修斯和珀涅罗珀

　　求婚人走后，衣衫褴褛的奥德修斯被叫到王后跟前。王后向他坦承了自己当前的处境，随即要求奥德修斯说出自己的身世。但奥德修斯为了不露破绽，就发挥自己的想象力，编了很多关于自己的事情来骗她。由于他说的很多地方都跟自己的丈夫完全吻合，珀涅罗珀忍不住哭了起来。尽管如此，她还是不能完全相信他。

　　珀涅罗珀命女仆为奥德修斯洗脚，但奥德修斯拒绝那些不忠的女仆伺候他，而是要留在草垫上过夜。珀涅罗珀只好让自己的老仆人欧律克勒亚来为他洗脚。

　　为了不被老仆人看出来，奥德修斯小心地将自己藏在灯光的阴影里，并且刻意避免让她看见右脚被野猪咬过的伤疤，但他失败了，老仆人一摸到这个地方，就认出了他。

　　她呼吸急促，声音哽咽，眼里充满了泪水。"真的是你，奥德修斯，我的孩子，"她叫了起来，"我用双手感觉到了。"奥德修斯赶紧用手捂住了她的嘴。让她保守秘密。

　　洗完脚后，珀涅罗珀还跟他说了一会儿话，希望他能给自己圆一个梦。她说她梦见自己喂养的二十只鹅，被突然飞来的老鹰咬断了脖子，横七竖八地死在那里。后来那只鹰突然开口说话，告诉她求婚人都是鹅，奥德修斯本人就是那只鹰，他会把那些求婚者都杀死。

　　伪装成乞丐的奥德修斯告诉她，这些都是真的。

奥德修斯杀死求婚人

第二天，珀涅罗珀召集求婚人举行射箭比赛。

早上宴会开始的时候，忒勒马科斯把奥德修斯安排到了门槛旁边的一条破椅子上，并且让人递给他食物，不让任何人来打扰他。但求婚人们那发昏的大脑却不受控制，一个劲儿地对奥德修斯进行侮辱。

在求婚人的强烈要求下，珀涅罗珀出场了。她从奥德修斯的仓库里取来了奥德修斯用过的弓箭，并说谁能把这张弓轻易拉满并且用它射穿挨个排列的十二把斧头上的洞孔，她就愿意跟谁走。

尽管他们摆弄了半天，可是从安提诺俄斯到欧律马科斯，求婚人中没有一个人能够拉开奥德修斯的这把弓。

眼看欧律马科斯沮丧地把弓箭放下，奥德修斯站出来说，能否让他试试这弓箭的威力。安提诺俄斯一听，勃然大怒，立刻大骂这个昏了头的乞丐。

这时，珀涅罗珀也建议给这个可怜的外乡人一个机会，并让求婚人不要担心她会因此嫁给这个外乡人。她的儿子忒勒马科斯突然打断了她。

这时，刚刚与奥德修斯相认的牧猪人拿过了弓箭，并把他交给了奥德修斯，奥德修斯娴熟地接过弓箭，把它从各个方面都检查了一遍，然后很轻松地拉开弓弦，弓箭立刻离弦而出，"嗖"地一下射穿了十二把斧子的洞孔。

与此同时，他向儿子忒勒马科斯递了一个眼色，忒勒马科斯很快拿来武器，协助父亲一起杀死了这帮无耻之徒。

　　杀死所有的求婚人后，奥德修斯惩罚了不忠的女仆，与美丽的妻子珀涅罗珀相认，之后又在雅典娜的帮助下平息了城中因求婚者之死而引起的叛乱。从此，他们一家人幸福地生活在一起。

第四部

坦塔罗斯家族的最后一代

阿伽门农归来

　　特洛伊陷落后，希腊人在返航途中遇到了风暴，半数舰队被摧毁，剩下的船只集结之后开始向家乡行驶。阿伽门农的船队因为赫拉的保护而幸免于难，但在他们即将靠近拉孔尼亚的玛墨勒亚岛的陡峻海岸时，突遇一阵狂风，被驱回到大海之上。惊恐不已的阿伽门农赶紧祈祷，希望上天不要在他经历了那么多苦难后，还让他无法顺利返回家园。他不知道的是，这是神祇对他的警示，因为此刻返乡的他，即将面临生命危险。

　　坦塔罗斯家族世代罪孽深重。当初，坦塔罗斯为设宴招待神祇，杀死了自己的儿子珀罗普斯。他的儿子珀罗普斯依靠众神的力量起死回生，但却杀死了自己的恩人赫尔墨斯的儿子。珀罗普斯死后，他的大儿子阿特柔斯成为迈锡尼的国王，小儿子堤厄斯忒斯则统治着阿尔戈斯的南部。阿特柔斯有一只金毛的牡羊，堤厄斯忒斯非常垂涎，于是通过引诱阿特柔斯的妻子获得了这只牡羊。知道真相的阿特柔斯为了报复，偷偷杀死了堤厄斯忒斯的两个儿子，堤厄斯忒斯被迫逃亡到另一个国家，他的儿子埃癸斯托斯出生在那里。埃癸斯托斯长大后，他的父亲和他一起杀死了阿特柔斯并篡了他的王位。后来，阿特柔斯的大儿子阿伽门农为父报仇，杀死了堤厄斯忒斯，他的儿子埃癸斯托斯却被赦免，统治着他父亲在阿尔戈斯南部的国土。

当阿伽门农归来时，他做梦也想不到，自己的妻子克吕泰涅斯特拉已经投入了他人的怀抱。因为对于丈夫将女儿伊菲革涅亚献祭给女神阿尔忒弥斯的不满，克吕泰涅斯特拉和埃癸斯托斯生活在了一起，并将国政交给了他。二人对于阿伽门农都有着切齿的仇恨，因此听说阿伽门农即将归来的消息时，早已布置好了一切。

　　阿伽门农在妻子为他布置的接风洗尘宴上，突然觉得很疲惫，在他放下武器、准备进入浴室洗去这一身尘土时，被早已埋伏在那里的埃癸斯托斯和克吕泰涅斯特拉杀害。

为阿伽门农复仇

阿伽门农死后，埃癸斯托斯和克吕泰涅斯特拉掌握了政权，他们对阿伽门农的儿女们并不防范。阿伽门农的大女儿厄勒克特拉偷偷将她的弟弟俄瑞斯忒斯送往福喀斯的法诺威，成为当地国王的养子。为此，她的母亲克吕泰涅斯特拉非常痛恨她。

厄勒克特拉在王宫过着悲惨的日子，等待弟弟回来报仇。一天晚上，一个外乡人向她的女仆打听到埃癸斯托斯的王宫后，向王后报告了俄瑞斯忒斯死亡的消息。听到这个消息，厄勒克特拉悲痛地瘫倒在地，而她的母亲克吕泰涅斯特拉则欢呼了起来。

看着母亲跟随外乡使者离开，厄勒克特拉感到无限悲哀。这时，她的妹妹克律索忒弥斯欢呼着来到她面前，告诉她自己看见父亲的坟墓有被祭奠过的痕迹，直觉告诉她那一定是弟弟留下的。厄勒克特拉不相信妹妹的说法，认为她受到了欺骗，并且把自己刚才从王宫里听到的消息告诉了妹妹。两姐妹一起痛哭了起来。

厄勒克特拉建议妹妹和她一起为父亲报仇，妹妹认为这根本是以卵击石，厄勒克特拉只好准备自己动手。正在这时，有两个拿着骨灰瓮的使者走了过来，他们自称来自福喀斯。

厄勒克特拉再也抑制不住内心的伤痛，从使者手中要过骨灰瓮，痛哭流涕。她的痛苦感染了其中一个使者，他哽咽着告诉他，自己就是他的亲弟弟俄瑞斯忒斯，他并没有死，还活蹦乱跳地活在人间。姐弟俩紧紧拥抱在一起。

这时，那个向王后报告假消息的使者也来了。他们联合起来，趁着王后一人独自在宫中，杀死了克吕泰涅斯特拉。几分钟后，埃癸斯托斯从外面回来，急切地询问使者俄瑞斯忒斯死亡的相关消息。厄勒克特拉告诉他，她的弟弟不仅死了，尸体也被使者带来了。

埃癸斯托斯非常高兴。不久，满心欢喜的他就见到使者正抬着一具被布遮盖的尸体过来。

"快把尸布揭开。"国王急不可耐地说。

"还是您自己来做这件事最合适。"俄瑞斯忒斯说。

国王揭开尸布，惊叫着退了一步——他看到的居然是王后。

还没等他反应过来，他自己也被愤怒的俄瑞斯忒斯杀死。

俄瑞斯忒斯和复仇女神

　　俄瑞斯忒斯为父报仇之后，被复仇女神追捕，他的灵魂受尽痛苦和自责。

　　他只好到处流亡，他忠实的朋友皮拉得斯也一直跟随着他。阿波罗跟在他身边，帮他防御凶狠的复仇女神。后来，阿波罗指引他到雅典，说在那里雅典娜将会给他一个公正的评判。

　　到了雅典，俄瑞斯忒斯扑倒在女神庙前，战战兢兢地请求雅典娜的裁判。听了复仇女神和俄瑞斯忒斯各自的言辞，雅典娜定下了审判的日期。

　　到了那天，雅典娜通知城中最诚实的公民来到俄瑞斯圣地，把用于裁判的小石子分给每一位法官。每人分别有一颗黑石子和白石子来进行评判，黑色代表有罪，白色代表无罪。她请大家行使手中的权力，将判决的石子投入罐中。

　　法官们站起来，将一颗颗石子投入罐中。表决结束后，两种石子的数目一样。决定权又回到了女神手中。

　　这时，女神雅典娜说："我不是母亲所生，而是从我父亲宙斯的头里跳出来的，我生来就是男子的保护神。我的判定是——俄瑞斯忒斯无罪！"听完这些，复仇女神默默离开了。

俄瑞斯忒斯的结局

俄瑞斯忒斯离开雅典后，阿波罗的神谕要求他到陶里斯半岛的阿尔忒弥斯女神庙里，把女神的神像带到雅典，因为女神希望在文明的地方受到供奉。

当初，俄瑞斯忒斯的姐姐伊菲革涅亚被阿尔忒弥斯女神从希腊人眼前救走，安身于陶里斯的女神庙。当地国王托阿斯发现了她，并让她做了神庙的女祭司。她每天的职责就是将外乡的死者献祭给女神。

一天，当地的牧人匆匆地跑过来，带给她两个外乡的俘虏，说是国王命令将这两个遇到海难的外乡人交给她献祭。伊菲革涅亚听闻，立刻命令将这两个外乡人松绑，然后让牧人做好祭祀的准备。在将这两个俘虏献祭前，她要询问一下他们的姓名。当她得知了其中一个俘虏——皮拉得斯的名字后，问另一个俘虏他们是不是兄弟。但俄瑞斯忒斯拒绝回答。

女祭司对他的傲慢态度很恼怒，强迫他说出他的故乡。当他说到阿尔戈斯和迈锡尼时，她立刻全身颤抖："告诉我关于特洛伊的消息。特洛伊城最后被毁灭了吗？海伦是否回到她的故乡？"

"如你所愿。"

"那全军的统帅阿伽门农呢？他怎么样了？"

"他死了很多年了。"这时，俄瑞斯忒斯对她讲述了阿伽门农的儿子为父报仇并到处流浪的故事。

"听我说，"女祭司突然压低了声音，"如果你能替我送一封信到我的家乡，我会救你的。但我不能放走你们两个。国王的容忍是有限的，随便你们哪个，只能有一个人去送信，另一个人就得留在这里受死。好了，我要去写信了。"

两个年轻人都不愿让对方去死，于是在那里争执不已。

这时，伊菲革涅亚突然回来了，她把信交给皮拉得斯，让他告诉阿伽门农的儿子俄瑞斯忒斯，他的姐姐伊菲革涅亚还活着，让他把她救回故乡去。

这时，俄瑞斯忒斯终于认出了姐姐，姐弟俩一起抱头痛哭。

冷静下来后，伊菲革涅亚对国王谎称这两个人的血是不纯洁的，因此要由自己亲自捧着女神像用海水把他们身上的罪孽洗净，才能把他们抓去祭祀。国王同意了。很快，伊菲革涅亚和两个囚犯就在神庙附近消失了。

过了几个小时，发现上当的国王带领大队人马向海边追赶。这时，天空中出现了女神雅典娜的巨大身躯，她告诫国王托阿斯，不要追赶逃亡的人，让他的保护者可以平安离开。

就这样，俄瑞斯忒斯和他的朋友皮拉得斯一路顺风回到了雅典，并将阿尔忒弥斯女神像安放在了雅典的新神庙。